女人打油詩

麥高　編著

中間為作家王鼎鈞先生，左二人為王士英博士及女作家孟絲夫婦；右二人為麥高夫婦。

前排左三為台泥副總經理莊惠鼎先生，左二為幫主欒心蕊女士。後排左二為莊夫人寧之燁女士。後排右四五為麥高夫婦。

第一批作者的聚會。

第二批作者的聚會。

麥高不但人老色衰，記憶力也衰，已記不起你們的姓名了，請在照片中認領你們自己吧。

目 次

第二單元　麻將

第三單元　田園生活

第四單元　男女兩性

第五單元　人物

第六單元　動物

第七單元　政治

第八單元　運動

第九單元　旅遊

第十單元　老年

第十一單元　不亦快哉！

序：打油一枝花　笑聲進千家

這是我負責寫和編的第三本打油詩。目前男人都喜歡搞小三，寫三本打油詩也就理所當然了。

為了名副其實，這本書就命名為《女人打油詩》原因很簡單。因為書中大部分的詩都與女人有關，而且很多都是女人寫的。你可能不相信有這麼多女人喜歡寫打油詩，但這是事實。其實，台灣女人在文學上的成就特別高，在我讀大學的年代，我讀的都是女人寫的小說。她們觸角靈敏，感情豐富，描寫細膩。在很多方面都優於男作家。女人能寫打油詩也就不算什麼天大的怪事了。

我讀過坊間對讀者的調查，調查的結論是女人比男人喜歡讀書，也比男人喜歡買書。

我還讀過另一種對女人的調查。他們發現女人比男人喜歡幽默。因為她們經常把幽默列為選擇對象的條件之一。男人找對象從來沒把幽默放在眼裡。這道理非常明顯。因為女人知道性是短暫的，幽默是永恆的。當性消失以後，幽默對婚姻大有幫助。

既然我在讚美女人，我就把人們對女人的最大讚美說出來：她們看似柔弱卻堅強。她們的韌性非常深厚，所以壽命比男人長。所以女人，尤其是台灣女人，比男人多。我們既然有那麼多女性讀者，坊間竟然沒有一本女人打油詩，實在是漠視女性，不恭不敬。這本打油詩集，算是對女人的特別補償。供給女士們一個發表打油詩的機會，也提供女讀者一種很另類的讀物。希望女士們喜歡。雖然裡面的詩，不乾不淨，葷素兩全。

打油詩所以與舊體詩和新詩不同，因為它有三大特徵。

1.打破舊體詩的規格。在舊體詩中，無論是五言，七言或其他言，都有其規格，都要合乎平仄，對仗及韻腳。打油詩則打破了舊體詩的禁忌，從舊體詩中解放出來。打油詩只講押韻、順口，不必遵守其他規律。既然得到解放，普通人讀起來易懂，也易於寫詩，拿起筆來便可隨意揮灑。像鳥籠裡放出來的飛鳥，它生氣蓬勃，活潑自然。

2.俚俗。俚俗是打油詩的最大的特點。古人所寫的舊體詩、思想及詞句皆寫得高尚文雅，高高立於達官貴人及正統文學的廟堂之中。打油詩則把古人及舊體詩拉出廟堂重回民間，讓大街小巷的普通人都能欣賞。文學不應該把自己拘限於某一人群，而應該走進全體民眾。

3.幽默詼諧，戲謔諷刺。僅具備俚俗不能稱為打油詩，很可能是壞打油詩。打油詩要表現各種思想、情感。假如說舊體詩多文以載道，文人騷客用以舒展高雅情懷的象牙塔之作，打油詩則是描寫眾生相的入世之作。一般大眾用打油詩來發泄各種思想及情感。凡是荒誕不經、譏笑謾罵、逢迎拍馬、幽默風趣、戲謔打諢，甚至黃色鹹濕等等感情都可用以寫打油詩。當然，昔日舊體詩詩人也可以表達這些思想及感情；但打油詩人的寫作領域更為寬廣。

談到女人，孔老夫子只會說“天厭之，天厭之”因為他沒隨著那群什麼委員去養馬場看馬交配；也沒看到過明星美女們裸露胸膛；更沒有朋友帶小三到摩鐵（Motel）去摸貼。

那些以孔老夫子的道德觀點來批評打油詩不夠高雅的高貴人士，完全偏離了主題。他們忘記了現代人已脫離了舊體詩，走向平民化。拿歌唱來做比喻。歌劇是上流高級人士欣賞的，流行歌曲是平民欣賞的。但二者向來並不衝突，一直並存，只是隨時代消長而已，你可以同時欣賞流行歌曲和歌劇。現在舊體詩已沒人寫，新詩正在苟延殘喘，也許現在已輪到打油詩出頭的時候。因為打油詩簡短，俚俗、幽默，它是屬於小老百姓的詩。假如你有幽默感你應該喜歡打油詩。我所以對打油詩很有信心，是因為我生性比較幽默，而我的親友也都可以用打油詩來彼此唱和，互相開玩笑。假如大家來提倡，打油詩絕對會打敗舊詩和新詩而成為唯一殘留的詩體。我希望某一有創意的報紙或雜誌開一個打油詩專欄，來試試水溫。說不定會有很多人投稿，更有很多讀者。我的前兩本詩集可以證明，古人寫的打油詩讀者都非常喜歡。有人說中國人缺乏幽默感，蔣勳在最近一篇文章中否定了此一說法。他舉例證明中國人有很多幽默感。我有同感。為了證明我的觀點，我在此多舉幾個打油詩的例子，供大家欣賞。這些例子我大都用過，是實際經過時代考驗的作品。它們絕對比“床前明月光，疑是地上霜；舉頭望明月，低頭思故鄉”讀起來更有趣。

下面就是二十首示範詩：

小氣鬼（童謠）

小氣鬼，喝涼水。
老師打你歪歪嘴。
喝了涼水變魔鬼，
生個兒子三條腿。

三輪車（童謠）

三輪車，跑得快，
上面坐個老奶奶。
要五毛，給一塊，
你說奇怪不奇怪。

金蓮三寸長／佚名

鄰家一姑娘，金蓮三寸長。

為何這般短——橫量。

滑倒詩／石動筩

春雨滑如油，夏雨遍地流。

滑倒石學士，笑煞一群牛。

註：北齊的石動筩是歷史上滑稽人物，有東方朔之風。有個下雨天他不小心滑倒，眾人大笑。石動筩便寫了這首詩。

據說清代乾隆年間，某翰林上書，誤把“翁仲”寫成“仲翁”乾隆順手批道：

翁仲／乾隆皇帝

翁仲為何作仲翁？十年寒窗欠夫功。

今後不許為林翰，去到江南做判通。

註：假如這首詩真正是乾隆寫的，我們可以說乾隆皇帝是打油詩的第一等高手。他把四個名詞反寫成仲翁，夫功，林翰，判通，竟然天衣無縫地寫成一首打油詩。

翁仲：大墳墓前，路兩旁豎立的石人

貪污縣官／佚名

來時蕭索去時豐，官幣民財一掃空。

只有江山拿不走，臨行畫入圖畫中。

公安機關／大陸順口溜

公安抓嫖又抓賭，討價還價不怕醜。

不要收據罰一百，若要收據二百九。

註：公安：即警察

現代畫／吳稚暉

遠看一片雲，近看像烏鴉。

原來是風景，哎呀我的媽。

註：當年吳稚暉去看畫展，順手寫了頭兩句詩，轉頭問朋友：這畫畫的是什麼？朋友回答說：這是畫的風景。於是吳稚暉便完成後兩句。

不傻不成藝術家／藏真白

藝術大家大傻瓜，傻瓜愈傻有才華。

聰明難得糊塗裡，不傻難成藝術家。

註：藏真白，山東日照人。書畫雕刻皆精，自稱“十藝樓主”拜師于右任，草書得自于右任真傳，幾可亂真。

人在軍中心在家／佚名

人在軍中心在家，想念家中一枝花。

可惜長官不准假，不能增產報國家。

四十娶妻／錢橫山

四十年來娶一妻，果然有件好東西。

東西放在東西裡，睡到天明嗚嗚啼。

弟兄五名（謎語）

弟兄五名，抬炮出城。

一陣急雨，收兵回營。（打男人的一個動作：小便）

哥倆一般樣（謎語）

哥倆一般樣，每天來三趟

見面互幫忙，從來不喝湯。（打一物：筷子）

（呂蒙正是北宋宰相，寫了文章大概也賣不出去，日子過得很苦。沒當宰相之前曾經當過乞丐，是經過大窮大富考驗的人物）

送灶君詩／呂蒙正

一柱清香一縷煙，我送灶君上青天。
玉皇若問人間事，為道文章不值錢！

（明朝的解縉當官當到翰林學士，榮華富貴，吃喝都是高等享受。但有段時間連年水旱，五穀不收，造成荒年，他必須喝稀飯度日。因而有感而發寫了下面這首詩）

荒年／解縉

水旱年來稻不收，至今煮粥未曾稠。
人言箸插東西倒，我道匙挑前後流。
捧出堂前風起浪，端來庭下月沉鉤。
早間不用青銅照，眉目分明在裡頭。

註：這首詩真是好詩，解縉把稀飯描寫得如此澈底如此美妙。只有像我一樣喝過這種稀飯的人，才體會到他寫的多麼深刻。

知堂五十自壽詩／周作人

前世出家今在家，不將袍子換袈裟。
街頭終日聽談鬼，窗外通年學畫蛇。
老去無端玩古董，閒來隨分種胡麻。
旁人若問其中意，且到寒齋吃苦茶。

註：周作人（1885-1967）浙江紹興人。中國散文家。字啟明，號知堂。魯迅之二弟。留學日本。出版三十多種散文集。日據時代，曾任偽華北教育署督辦等職。二次大戰後，1949年因叛國罪入獄。後保釋出獄，從事翻譯工作。注意：紹興以產紹興酒出名。

和《知堂五十自壽詩》／胡適

先生在家像出家，雖然弗著僧袈裟。
能從古董尋人味，不慣拳頭打死蛇。
吃肉應防嚼朋友，打油莫待種芝麻。
想來愛惜紹興酒，邀客高齋吃苦茶。

註：胡適小周作人六歲，二人曾同時任教北京大學。

竹枝詞／劉禹錫

楊柳青青江水平，聞郎江上踏歌聲。
東邊日出西邊雨，道是有情還無情？

辦公時間／大陸順口溜

八點上班九時到，一杯濃茶一張報。
慢翻公文耗時間，午餐三杯最逍遙。
三點之前睡午覺，解悶就搞車馬炮。
煩惱電話找友聊，晚上八圈少不了。

諷竹詩／佚名

竹似偽君子，外堅中卻空。
根細善鑽穴，腰柔慣鞠躬。
成群能蔽日，獨立不禁風。
文人多愛此，聲氣很相同。

註：文人與畫家都愛竹子，此人唱反調，卻也有言之有理。
很多人對竹子有意見。好像毛澤東說過，新聞記者（包括名嘴）像竹筍：嘴尖，皮厚，肚裡空。很幽默。

讀完以上這些詩，我們就知道寫打油詩也不那麼簡單。尤其是你沒有幽默感，更寫不出好打油詩。任何人要批評一種東西，必須先了解這種東西。那些認為打油詩也不過是雕蟲小技的人們，可以自己掂量一下:自己能不能打敗周作人和胡適。何況中國打油詩高手很多，不祇以上這些作家。

我認為世界上只有兩種沒有幽默感：一種是傻子，一種是死人。

我寫詩的觀點比較混雜，因為我在美國住了四十年，在大陸住了二十多年，在台灣住了二十多年，其間還要去看美國兒子。。人老了沒什麼好處，除了馬齒徒增以外，經驗卻積累了不少。中外古今都知道一點。有些想法可能與你們不一樣，有些地方保守，有些地方是胡言亂語。台灣的名嘴每天謾罵朝政，打油詩人更可以東拉西扯了。台灣現在是五胡亂華時代，每個人都可以表示自己的觀點。愈亂愈熱鬧，台灣人活得沒什麼希望和理想。大前研一最近說：“台灣已進入低智能化。”社會是庸俗的，物質的，頹廢的，灑狗血的，政論做秀的，妖魔鬼怪全出籠來搶救收視率。

他這段評論對不對，你我心裡明白。我認為亂是人們的希望，越亂越好。而且有一部分人興風做浪，從中得利。

我寫了不少有關大陸的打油詩，因為我有很多親人在大陸，而且現在仍有半年的時間住大陸，對大陸比較了解。我認為人不可以忘本。就如英國與美國一樣，美國雖然把日不落的大英帝國拉下馬，自己成為世界第一強國。但英國仍然暗暗地感到有一個弟兄稱霸世界而驕傲。英國並沒有整天對美國惡意吹毛求疵。在時間的長河裡我們存在的這一段時間也不過是眨眼的一瞬間，微不足道。十年河東十年河西，你要放眼於未來。現在的政治小人物，可能會變成未來的政治小醜。誰能預知未來? 但眼光遠大的政治家及歷史學家可以看出一些端倪。不論怎麼說，你要公平，不可以報憂不報喜。站在華裔人的立場說，中國有長城，我們感到驕傲。中國挖通南水北調的運河，我們感到偉大。莫言獲得諾貝爾獎，我們應該為他高興。

合作了這些年，我要謝謝各位向這本提供稿件的女士及先生。我很感榮幸與驕傲他們不計報酬，不斷替這本書寫稿。沒有這些好友傾囊相助，這本書大概永遠不會完成。

第二要謝謝這本書的三位編輯。他們不辭勞苦，替這本書寫稿、修改、校對、編排、打字。假如貴稿遭修改或遭遺珠之憾，我只能在此說聲抱歉，但不能替你伸冤平反。就連我自己的詩也被編輯刪掉很多首。

最後，我要說實話了。出了三本打油詩集，實在是精疲力盡。我現在是王郎才盡（本來就沒才），再也寫不出來了，感到非常悲哀。沒天才的人就有沒天才的悲哀，這也無可奈何。

這本女人打油詩可說是適逢其會。假如沒有天崩地裂的意外，我們台灣將有一位女總統。這本《女人打油詩》是歡迎女總統的。

不過，仍有一個最大的願望：能有人來接班：歡迎志願軍繼續努力。

謝謝讀者，謝謝各位幫忙的親友。

第一單元　生活

請用公筷／麥高

各種細菌滿人間，極其恐怖會傳染。
請用母匙與公筷，免得彼此把病傳。
因為大家不小心，導致人死千千萬。
鄰家小兒剛死去，皆因餐館染肺炎。

海外港台已習慣，餐館備有公筷碗。
只有內地尚落後，希望養成好習慣。
沒有母匙與公筷，筷在菜中胡亂翻。
衆人口水留菜間，真正令人難下嚥。

誰知你害什麼病，甚至梅毒也傳染。
加上肺病與感冒，天花性病與霍亂。
還有最近伊波拉，一天死人一大片。（註一）
天下所有一切病，不是遺傳就傳染。

註一：伊波拉，英文為Ebola，此病最近發生在非洲，給人一種見光死的恐怖感。

註：我認為政府及媒體應該做公益廣告，規定餐館一定要主動奉上公用湯匙及筷子供食客使用。請客的主人也應準備母匙及公筷。這是性命交關的大事，古老不衛生的習慣應該放棄。

最可怕的傳染病可能是當年歐洲的黑死病（1934-1953）。它害死了2500萬歐洲人，大約是歐洲人口的三分之一。據判斷，黑死病為鼠疫。

被逼塗鴉／游若曼（女）

王家老友來索詩，奴家從未寫詩篇。
被迫外行充內行，你說大膽不大膽？

註：游若曼，繪畫與歌唱雙全。曾服務台中神崗國中。在親友中間，她是出名的女高音。

退休需要800萬／麥高

人生自古求生難，一生能賺幾文錢？
月入三萬月光族，退休何來八百萬？
窮人只能糊塗過，何必想得太久遠。
也許走運中頭獎，或者打仗中飛彈。

註：2015年2月26日新聞報導，要想退休後能夠舒適的生活，每人需要780萬台幣，將來可能更多。

懷念病友／麥高

服藥打針倍苦辛，老友患病繫我心。
天天懷念知心友，但祈天佑善良人。

江南緣／游若曼（女）

一曲《夜夜夢江南》，兒時江南來夢中。
如今再唱江南曲，伊人已去覓無蹤。
註：這首詩是懷念丈夫。

說實話／麥高

同鄉綽號叫“老董”，吵架聲大沒教養。
罵孫慣用“操你奶”，罵兒總用“Ｘ你娘！”

人生不常見／麥高

人生不常見，你忙我也忙。
你忙找美女，我忙打麻將。
興趣各不同，彼此可原諒。
演員有限制，場景不一樣，
麻將需四人，追女獨上場。
假如四人上，嚇跑美嬌娘。

"自"的打油詩／麥高

花自飄零水自流，水到渠成魚自游。

花如盛開蝶自來，房門不鎖賊自開。

野渡無人舟自橫，美女送吻咱自迎。

煤炭堆久會自燃，剩女未婚堪自憐

廁所／麥高

休說此處臭，人間不可無。

若無此寶地，誰能憋得住

註：大陸人隨地大小便的人很多，原因是公廁太少。不要提大街上，就算學校也很少。據媒體報道，杭州有所學校740個師生共用一個廁所，學生有時要憋得尿褲子。不過現在正在改進。假如你喜歡隨地大小便，最好搬到印度去住，因為印度沒有公共廁所，甚至豪宅也沒有廁所的設備。我在想，她們女生怎麼辦。

啃老人生／麥高

昔你來兮，全家歡心。

騙吃騙喝，父母苦辛。

養你廿年，終於成人。

庸庸碌碌，人間打滾。

一身光棍，無甚緣分。

膽小如鼠，不敢從軍。

搞太陽花，啃老終身。
生老病死，人皆有份。
忽生怪病，輾轉呻吟。
一命嗚呼，終離凡塵。
毫無所成，空留遺恨。
魂歸何處？地獄游魂。

見錢眼開／張令怡（女）

世間誰人不愛錢，甚至死人也睜眼。
見錢眼開非假話，小李竟然回人間。

註：大陸深圳的小李因腦溢血昏倒網吧，急救保住了性命，但成了植物人。昏迷一年後，竟然醒了。“仙丹妙藥”竟然是一張一百元的人民幣。原來護士小姐注意到他的手指有點動，於是拿出一張百元鈔票在小李面前一晃，小李竟然睜開眼睛醒了過來。見錢眼開這句話真正是神仙預言。希望大家在植物人面前都試試看。想來這位護士一定知道小李很愛錢。

註：張令怡台灣汾陽人。曾任松山商職國文教師。

註：台灣汾陽者：生在台灣祖籍山西汾陽也。

和素食老友開玩笑／麥高

素食老友痛苦多，我們吃肉他冒火。
山珍海味擺滿桌，他卻只能吃饃饃。
咱把饃饃偷夾肉，吃來裝得無感覺。
此友不能當和尚，方丈豈容饞嘴貨。

心潮／馬自勤（女）

青春年華好光陰，俊男美女伴尋春。
暖風吹得楊柳綠，鳥語花香景宜人。
窈窕淑女情脈脈，翩翩公子欲斷魂。
巧笑倩兮美目盼，心潮起伏眼傳神。

註：馬自勤，山東臨沂人。終生從事教育工作，現已退休。

參加實中同學會有感／鄒本福

既是同學又同鄉，兩鬢斑白聚一堂。
同甘共苦滄桑史，將星雲集師滿場。（註）
各行各業露頭角，人才濟濟榮故鄉。
軍中民間為報國，傳承後代比人強。
此情此景世少有，昂首闊步永難忘。

註：與會者很多老師及幾位將官。

註：鄒本福畢業於員林實驗中學，在校時擔任管樂隊隊長兼鼓手，我們遊行時，一定要隨著他的鼓聲前進。海軍機校畢業後，任職於海軍造船所。後應軍方徵召赴利比亞工作八年，返國後進入中興電工任副總經理兼馬來西亞廠廠長。退休後受聘於民營樂榮集團擔任總經理。

註：員林實中：是一所短暫而又特殊中學，同時也頗為有名，坊間最少有十幾本書來介紹這個學校。它是由山東流亡學生組成，最初設在澎湖馬公鎮，屬於澎湖防衛司令部，故名澎湖防衛司令部子弟學校。後遷彰化員林，改屬教育部，故名教育部特設員林實驗中學（簡稱實中）。是當時唯一由教育部設立的國立中學。後來台灣自動升級，把所有的中學全部改為國立.該校後來又改名改制為員林崇實高工。因本書多次提及實中，故為之介紹。

團拜又一年／麥高

聞道新年團拜，怎不令人心歡。
行前心中雀躍，急急洗面刮臉。
群賢個個前來，盡是鶴髮蒼顏。
相交數十寒暑，竟然相認很難。
唯我天涯遊子，幸而來到台灣。
管它拐杖輪椅，感謝又能見面。
恭祝各位增壽，定要多多保健。
只要能吃能動，團拜相期年年。

實驗中學同學會（2015年3月20日）／戴之甫（女）

今日同學會，滿廳白頭翁。
唯恐對方聾，說話像雷鳴。
臉上架眼鏡，視力很朦朧。
年已八十多，相見樂發瘋。
流亡逾甲子，可貴心相通。
同苦共患難，情深像弟兄。
樹老葉漸稀，人老忘西東。
夕陽無限好，美景快近冬。

珍惜今日會，好像回實中。

每年定期聚，希望永不停。

註：戴之甫，江蘇邳州人。曾在國內任教十六年。後因隨丈夫出國去維也納任公職而中斷。因為住在歐洲，有機會周遊歐美各國。旅遊經驗及遠托異國的情懷都表現在她的詩集《浮萍歌聲》中。除此之外，她在國畫方面也有相當高的水準，開過數次畫展，并出版過畫集。

我曾經把2014年的聚餐菜單寫成打油詩。現在我就依照去年，把2015年的聚餐菜單上的十個菜也寫成詩，以做紀念。為了押韻，我把菜單移動了一個字，你知道是哪個字嗎？

實中春節團拜聚餐菜單／麥高

人參棗全雞，瑤柱芥菜膽。
鳳梨鮮蝦頭，五福大拼盤
紫米蓮子湯，四季水果鮮
水酒兩三瓶，竟然沒喝完。

寧式東坡肉，荷香抱珍珠。
樹子鮮鱸魚，銀牙炒鱔糊。
只要能見面，我願已滿足。
菜多與菜少，大家誰在乎！

聖誕節／楊昭奎

聖誕佳節今來到，闔家團圓樂陶陶。
好兒好女一大堆，親情溫暖身邊繞。（註一）
血水相連傳後世，淵源流長福澤高。
我的考妣在天上，定會滿意點頭笑。
親家齊來金山聚，牌藝切磋互指教。
相互關懷笑連連，誰人和牌不計較。
兒孫爭氣福運大，個個孝心愛擁抱。
晚晴歲月更美滿，無盡長路木棉道。（註二）

註一：昭奎老師有七個功成名就的兒女。其中有兩位博士，五位碩士。可惜現在不選模範父親，他是親友口中的模範爸爸。

註二：美國木棉花很多，多沿路栽。三月來時先開花，後長葉。橘紅色花開滿樹，精彩奪目。

註三：楊昭奎，基隆女中化學教師。國立台灣海洋大學化學教授。退休後定居美國洛杉磯。曾任南加州山東同鄉會會長，理事長等職。2012年7月回台定居。中文造詣深厚，文筆洗練，曾出版六大本《天堂鳥》。裡面包括打油詩，散文。

慶幸雙腿仍能跑／麥高

慶幸雙腿仍能跑，慶幸天天能吃飽。
慶幸老婆沒跑掉，慶幸能會用電腦。
雖然耳朵要變聾，雖然血壓有些高。
年紀已經八十多，只要睡足精神到。
打個小牌經常輸，誰贏誰輸誰計較。
人生到此復何求？感謝上蒼對我好。

軍眷之聲／麥高

身處小巷好福氣，花花世界入眼底。
野貓叫春引遐思，狗追母雞不對題。
收報紙的搖鈴噹，張媽劉奶亂扯皮。
賣地瓜的沿街叫，破爛車子響唧唧。

右鄰弄瓦又添孫，左鄰嫁女又娶媳。
休怨喜帖收太多，“出門見喜”貼牆壁。

看淡人生張老爹，躺椅之上啥不理。
欲醒欲睡迷糊間，蒼蠅一叮夾眼皮。

樹影搖來涼風起，無情驕陽已偏西。
正是學校放學時，兒童回家步履急。
大娘奶奶迎兒孫，陋巷歡笑如趕集。
飯香下了回家令，瞬間小巷行人稀。

飯後總有免費戲，茅亭胡琴聲聲急。
幾個男人走台步，口中唱的“叫張義”（註）
台下戲迷真不少，石凳坐著七，八迷。
演員唱得很得意，有無掌聲全不理。

路上孤燈忽熄去，免費京戲收班底。
踏著星光人散去，小巷入夢鼾聲起。

註：“叫張義，我的兒”京劇《釣金龜》中的第一句。

老朽幻想獨坐一桌／麥高

老朽生來真窮命，所有餐會人茂盛。
十八大漢擠一桌，菜來呼啦全不剩。
可憐老朽動作慢，筷到盤中菜已空。
做夢都想獨一桌，真正羨慕義美總。

註：外交部前兩天設國宴招待貴賓，義美總經理高志明準時赴會。外交部失禮沒好好招待，讓他獨坐一桌，倍受冷落。特寫此詩，替義美總打抱不平。也乘機表示一下窮人的幻想。

梅雨／麥高

梅雨季節講信用，季節到了雨不停。
有時下得毛毛雨，有時大雨如盆傾。
雨水澆花是好事，可恨半月竟無晴。
本是好事變壞事，河水爆發豬逃命。
只有小兒最高興，用網網魚大街中。
渴望有天大雨停，來把棉被曬中庭。

註：梅雨：每年六，七月間，冷暖氣團旗鼓相當，二者在我國長江中下游造成陰雨不斷的天氣。在台灣梅雨發生在五，六月間。

教授抄襲／麥高

學府本是神聖殿，卻有教授多厚臉。
不學無術難謀生，抄襲論文撐場面。

心存僥倖豈長遠，害人子弟罪難免。
一朝揭發臭名揚，有何顏面活人間。

大陸現在正在鼓勵大家做中國夢，下面就是我的中國夢。

我的中國夢／麥高

一、做大官

你是窮光蛋，總想變有錢。
如不做生意，定要做貪官。

二、冬天住海南

冬天住海南，夏天住廬山。
天天做好夢，夢境難實現。

三、買彩券

九品芝麻官，薪水沒幾元。
不敢搶銀行，只有買彩券。
大夢誰先覺，自知中獎難。
縱然不中獎，愛國要當先。（註）

註：台灣當年的彩券叫“愛國獎券”，買彩券即愛國。內地的彩券叫“福利彩券”，買彩券就是替窮人謀福利。
內地的彩券人民幣2元一張；台灣的彩券一種是台幣50元一張，一種是100元一張。美國的彩券美金1元一張。比起來，台灣的彩券相當坑人。坑的都是台灣人。
據美國人的調查：富人很少買彩券。彩券都是窮人買。人無發橫財不發，只有彩券是合理合法的橫財。

四、變孫悟空

孫悟空住水簾洞，冬天暖和夏涼風。
仙山水果四時多，天天有水盡量喝。
不怕缺水與水果，吃不完的滿山落。
若是名嘴來胡說，一棒打他嘴巴斜。
不必坐機去美國，雙腿一蹬即紐約。
狼牙棒攻火焰山，豈怕美國原子彈。
生性狂妄無忌憚，不去競選求升官。
唯一缺點沒配偶，不知是否同性戀。

說書郎／馬自勤（女）

斜陽古槐趙家莊，街口空地說書場。
男女老少板凳坐，說書之人聲洪亮。
情節精彩掌聲起，下回分解隨意賞。（註）
散場之後誰管得，滿村喜愛說書郎。

註：說書的不收門票，完畢以後請聽眾隨意賞點錢。這一行是漸漸沒落行業，現在在台灣已絕蹤跡，大陸還有。有時，還有人在電視上表演。

友人在鎮上開一鞋店，生意不太好。我告訴他要實行跳樓大拍賣才會發財，他不願跳樓，故生意越來越壞，特寫此詩為之鼓吹。

鞋店廣告／麥高

草鞋布鞋金縷鞋，要想買鞋這裡來。
我們店裡樣樣有，你要不來是怪胎。

第一夫人伊眉黛，逃美帶鞋三百雙。（註）
你們逃美大富豪，最少要帶五籮筐。

註：據新聞報道，當年菲律賓第一夫人伊眉黛逃難到美國時，光鞋子就帶了三百雙。

富豪買房產／麥高

富豪喜歡買房產，房產一定近醫院。
醫院越好越安心，生起病來很方便。

富豪有錢隨便撒，萬事不怕只怕掛。
假如你家近醫院，生了急病不用怕。

註：媒體報道，最近富豪喜歡買靠近醫院的房子。

祝願／孫崇芬（女）

一年過去好容易，想念老友在心底。
祝願健康又快樂，事事順遂又如意。

註：孫崇芬，國立台灣師範大學博物系畢業。在多倫多創辦光華中文學校，任校長多年。崇芬的丈夫是不久前逝世的多倫多發電廠高級工程師常永棻先生。他讀台大時，以埋頭苦幹，默不作聲出名。

母親節感言／麥高

我們男人真幸運，娶到您們做夫人。
當年都是窮光蛋，您們竟然不嫌貧。
卅載辛苦終有成，兒女養了一大群。
婚前立志改丈夫，卻被丈夫將一軍。
十年媳婦熬成婆，您卻熬來滿臉紋。
每次旅遊您高興，沒想是妳打頭陣。
您們也喜打麻將，女人吃虧太斯文。
四個男人搶擺牌，擺好竟然搶坐穩。
又是一場空歡喜，只好等待來年春。
（麥高寫於2015年10月10日母親節）

賀陶公搬新家／麥高

忍凍受餓啃地瓜，當年流亡苦哈哈。
辛勤一生終有成，今搬豪宅成新家。
騰達不忘患難友，經常相邀白中發。
八十老翁共忘機，往事前程誰管它。
註：陶公：陶英惠。

旅次失眠／麥高

夏日炎炎正堪眠，此話休向老人言。
夜來輾轉難入睡，炎夏也感別夢寒。

患難朋友／麥高

浪跡天涯大半生，澎湖島上喜相逢。
患難朋友成莫逆，縱隔千山心相通。

風雲際會各有成，騰達難忘舊日情。
相聚常笑偷瓜事，最為難忘搶飯桶。

註：在流亡途中，有一次因為太餓，和一位李姓同學到田裡偷地瓜吃。農人看到後便跑來追趕。因逃跑時要跳過一條水溝，在跳過水溝時他甩掉了一隻鞋子。他是穿著一隻鞋子回到住處的。當時感到很好笑，現在想起來更好笑。可以笑半天。當時飯不夠吃，每頓飯都要搶。搶得人仰馬翻，滿身米飯，好不熱鬧。

感懷／馬自勤（女）

生平心事思悠悠，夢回寒月照九州。
故舊相思萬里外，親朋不見獨悲秋。
當年離家避戰禍，贏得逃難天下遊。（註）
孤雲飄泊復何依，河山變色使人愁。
一生艱辛無遺恨，終老萬事付東流。

註：雖然是逃難，但遊了很多地方。

童話〈白雪公主〉裏面最有名的一句話是：Mirror mirror on the wall, who is the fairest of all.（翻譯：明鏡明鏡名牆上掛，誰是美女甲天下？）老女巫經常對鏡自照，一直希望自己變成世界上最美麗的年輕女人。卻很難如願。

魔鏡魔鏡牆上掛／麥高

魔鏡魔鏡牆上掛，鏡中之人喜自誇。
當年曾是美嬌娘，八十變成母夜叉。
雞皮鶴髮女人家，不像女巫又像啥？
女巫雖然會巫術，鏡子卻只說真話。
祈禱自己變美女，鏡照千遍全白搭。
還是多去擦點粉，粉抹九厘不太差。

我妻當年才十八，對鏡自賞如看花。
擠眉弄眼細看牙，勝過貂蟬和她媽。
今年已過一花甲，眼花齒危沒頭髮。
鏡子成了燙手貨，塵封十年不去擦。

八德頌（藏頭詩）／馬自勤（女）

忠於職守倡清廉，
孝順齊家國基奠。
仁者無敵天下平，
愛國澤民務當先。

信守諾言永不渝，
義不容辭求實踐。
和而不流强哉矯，
平等互惠利兩全。

冰箱／麥高

高高大大一冰箱，雞鴨魚肉裏面藏。
先放食物先吃掉，食物放久味走樣。

解凍食物要及早，莫等臨時把冰敲。
千刀萬錘仍如鐵，此時方知冰箱好。

翹屁股的唯一缺點／麥高

翹臀女人浪性感，色男尤其最喜歡。
但如參加跳高賽，屁股太翹怎過桿。

聾子走路靠右邊／麥高

聾子走路要反常，你要多走路右旁。
前面來車可看清，身後來車最難防。

半聾／麥高

半聾不是大毛病，亂七八糟誰願聽。
如果有人偷偷罵，察言觀色聽得清。

過平交道／麥高

火車道前停看聽，莫為搶快把命拼。
萬一你想搶頭刀，黃泉路上多一人。

註：前兩句是摘自火車上的平交道廣告。我寫成打油詩，替鐵路局做義務宣傳。

染髮有感／孫英善

家鄉有句古老話，老愛鬍鬚少愛髮。
白髮蒼蒼催人老，染黑“星星”自我誇。

註：歐陽修句：黟然黑者為“星星”。

和唐劉長卿《送別詩》／孫英善

浪跡江湖洛杉磯，翹首望鄉浮雲西；
韶光不肯留春駐，染髮拉皮變十七。

原詩：送李判官之潤州行營／劉長卿

萬里辭家事鼓鞞，金陵驛路楚雲西。
江春不肯留行客，草色青青送馬蹄。

光頭時尚／孫英善

NBA球員多光頭，隨著時尚順風走；
馬齒徒增白髮稀，何妨效顰禿溜溜。

油價大跌／麥高

全球油價跌不停，最為高興是老公。
開到公路去狂飆，警察抓到又臉紅。

超速罰款一千元，千元難改此笨牛。
小人不要貪便宜，便宜讓你喜變憂。

買黃金／麥高

李家大媽喜黃金，偷偷摸摸買十斤。
沒想金價直直落。害她夜夜淚沾襟。

勸買黃金的大媽／麥高

月有陰陽晴缺，股票有漲有落。
勸您緊抱黃金，不要隨便送人。

人貴抱殘守缺，誰知明天如何？
千年以後今天，黃金可值數萬。

加州過年／孫英善

迎來新年頭一天，加州陽光好燦爛。
轉上所附賀年卡，借花獻佛表心願。
欣聞玉法看“猴戲”，洐豐作詩話人間。（註）
只要笑口常常開，不讓俗事來心煩。
愛惜老伴和老骨，管他耄耋是何年！

註：玉法：張玉法。衍豐為本書作者。

過年有感／麥高

大年初一頭一天，過了初二過初三。
窗戶換了新窗簾，門上貼的新對聯。
天天水餃吃不完，賀年親友永不斷。
拜年兒童又長高，可恨老夫縮一年。

情人節／孫英善

情人佳節大好日，賀詞幽默又睿智。
情侶新婚笑嘻嘻，老夫老妻互珍惜。

老鄉見老鄉／麥高

老鄉見老鄉，同聽山東腔。
你住貧窮市，我住破爛莊。
你拉三輪車，我賣牛肉湯。
生活很辛苦，心卻無奢望。
一來不當官，二來不撒謊。
我們老百姓，不偷也不搶。
鄙視監獄犯，暗笑絕食娘。
很早就起床，很晚入夢鄉。
堂堂正正人，不會放暗槍。
他日西歸去，絕對上天堂。
他們貪污佬，定進惡狗莊。（註）
走過惡狗莊，閻王來升堂。
犯了太多罪，無法去還陽。
地獄十八層，去陪你爹娘！

註：惡狗莊：是黃泉路上的一站。人死後進入鬼門關前要經過惡狗莊，該村有狗而無居民，一大群各類品種的惡狗追著惡人咬，好恐怖。

羊年／麥高

馬年過去是羊年，越過越窮需要錢。
順手牽羊很方便，抓到送你去坐監。

羊年就是發財年／麥高

羊年就是發財年，多多節省積攢錢。
錢多就去買股票，如果不賠就會賺。
我的朋友天天賠，他的太太賺天天。
他讀台大股票系，她的小學讀兩年。
可憐可憐真可憐，這帳真的很難算。

註：故意提及台大，請柯P不要生氣。

閱讀樂／孫英善

今日讀書為放鬆，三日不讀面目憎。
皓首窮經樂不老，擊節吟誦夕陽紅。

憶流亡／于允光（女）

天冷多穿好幾件，外衣好看又保暖。
人笑癡傻又賣弄，令我想起咱從前。
雖已過去半世紀，難忘甜蜜與苦難。
淒冷冬天穿單衫，凍得縮脖把身彎。
幸好發了棉背心，雙手貼腰來取暖。
飯菜不好能吃飽，堅忍熬過數冬天。
自立生活能溫飽，老師教誨不怠慢。
無愧天地君親師，愛國愛家努力幹。

學業完成來教書，努力師教心坦然。
服務社會多貢獻，轉瞬已經入中年。
相夫教子沒多久，已入耄耋八十關。
好似十八才剛過，日月如梭難回挽。
閒來無事多回憶，當年曾是美少年。

註：于允光，山東人。終生從事教育工作。喜愛寫作。

新年又到，大家都要寫對聯，在下試作幽默對聯於下，希大家多多採用。

試作對聯／麥高

勤能補拙多做少說，
儉以養廉氣定神閒。

生意興隆買高官，
財源廣茂通神仙。

猶抱琵琶半遮面，
原來她是麻子臉。

明哲保身，多送黃金，
英雄氣短，少去妓院。

國家興亡名嘴有責，
妓女太多男人是問。

富人天天吃大肉，
窮人夜夜啃骨頭。

使君有婦，何不要求離婚，
有男勾引，請多付轉讓金。

四十歲枯井無波，
八十載舊車無火。

富貴不能淫，多娶小三。
貧賤不能移，可抬殯館。

大丈夫何患無妻，只是阮囊羞澀
小女人相應不理，你要多加聘金。

一粒一粟當思農夫之苦—拖拉機幹啥？
一布一縷當思織女之勤—多買縫級機。

五湖四海皆朋友，騙錢容易
四面八方皆黃土，葬身有地。

進門三步緊，
出門一身輕。（廁所對聯，聽來的）

學寫打油詩／于允光（女）

老友衍豐小學兄，逼俺來當打油工。
早就已說不會幹，電話一催又心動。
奉上塗鴉好幾張，看似不通卻又通。
好似高山滾鼓響，又似笨驢跳水聲。
恨我正在學打油，偏就拿個破油桶。
但願掘得大油井，送上千桶表真情。

廟宇／園丁

名剎名區名神祇，文廟南北關廟四。（註）
若問香火多與少，台北行天數第一。

註：全台關公廟有四個

註：園丁為一位歷史學者的筆名。山東日照人，國內知名大學歷史系畢業。台灣第二位文學博士（第一位是逯耀東教授）。國內某大學教授，歷史研究所所長。

歡樂大家庭／于允光（女）

人生苦短情意深，幸而相逢成一群。
轉眼進入十八春，情實初開說不盡。
眞的像騰雲駕霧，令人太腦脹頭暈。
算是咱們的福氣，迷迷糊糊度青春。

人生本來不圓滿，還有什麼不遺憾？
回想咱們大家庭，吃的飽睡得更穩。
東西南北隨咱去，歡樂如意自己尋。
流亡一起共患難，咱們永遠一家人。

賣對聯／張令怡（女）

退休生活很空閒，自行東脩書法班。
五年苦練稍有成，當街試賣新對聯。
大官複印免費送，可恨咱沒當大官。
整個上午無人理，收拾收拾回家轉。（註）

註：內地有些大官靠賣對聯發財，老百姓為了拍馬屁經常搶購。台灣官員的對聯則由公費印刷免費贈送。誰人能打敗免費大官的對聯？

拋開私心一身輕／李俊

山有起伏路有彎，禍福潛藏在人間。
要想征服萬重山，唯有自强出頭天。

天霞白雲地生風，人欲出頭必有爭。
計較錙銖皆為利，拋開私心一身輕。

註：山東棗莊人。李俊是文武全才，先為軍人，後任教職。現已退休。

酒後不開車／麥高

酒後不開車，生命有保障。
如果不相信，一定會遭殃。

註：前兩句為電視廣告。為了公益我在此為酒駕做義務廣告。

寫詩難／孫景鎮

月下舉杯求詩仙，無奈詩仙不賞臉。
盼到秋後東籬菊，黃衫客前無靈感。
聞道西山楓林醉，山路難行多崎險。
搜盡枯腸終成句，奉上塗鴉兩小篇。

註：孫景鎮，政治大學新聞系畢業。民族晚報主筆。後任大同水上樂園經理。

靈感得來不易／孫景鎮

不會寫詩强出頭，低首徘徊日夜愁。
突聞廚房河東吼，獅吼逼得靈感流。

闖紅燈者／麥高

想死不用等，路口有紅燈。
管它車與人，一闖萬事空。
你是亡命徒，難等一秒鐘。

你死是應該，路人陪送命。
閻王懶淂審，送你十八層。
你是人間渣，陰間也無用。

老友相聚“包肥”店／謝秀文

包肥店内自助餐，國内國外已普遍。
雖然難比國賓宴，佳餚美飲數不完。
俺常來此會老友，笑聲笑語話當年。
口吞美食超享受，心中暗自淚漣漣。
想起當年流浪日，討飯搶飯常餓飯。
視飯如命命最賤，今日之會為吃飯，
大家專撿好的吃，就是無人眞吃飯。
面對此景愛又恨，恨它為何——
晚來六十年!?

註：“包肥”是我們旅遊休士頓華人對Buffet（自助餐）的戲稱。（Buffet是法文，t不發音）此一翻譯真正是音義天成。因為華人“包肥”餐館內各類美食，菜餚，水果，飲料羅列，任君吃到飽。大家貪便宜就拼命吃，不吃白不吃，吃多了總會長肥。
世界上的胖子越來愈多，“包肥”餐館可能是禍首之一。
近來台灣的“包肥”店越來越多，是老幼相聚談天的好地方。

註：謝秀文，山東嶧縣人。台灣成功大學中文系畢業。曾任陸軍官校教授文史部主任、文藻語專、樹德科技大學教授等職，著作等身。作品有《中國文字之創造及演變》、《老子韻》、《春秋三傳考異》、《寒雁集》等書。

註：內地也有很多自助餐飯店，但很少盡量吃的那種餐館。餐館也像台灣一般自助餐餐館一樣，規定食客拿過飯菜後，先過重，付錢，然後才能到飯桌吃。因為內地的食客飯量大，有時還會裝進口袋帶走。所以不敢讓客人盡量吃。記得七八年前蘇州市花鳥市場附近開過一家盡量吃的餐館，半年以後就被人吃垮了。

剩菜剩飯帶回家／麥高

大陸雖然窮人多，富豪卻是浪擺闊。
山珍海味吃不完，剩下飯菜一大桌。
政府只好下命令，剩餘帶家再回鍋。
想想世界飢餓人，能吃剩飯多快樂。
人道節儉可養廉，如能勤快才補拙。
閻王討厭浪費人，生死簿上記一過。

註：中國政府認為大家太浪費，最近在電視做廣告，要求食客把剩菜剩飯打包帶回家吃。
英文的“打包”叫Dog bag（狗食袋），名字不好聽，但他們帶回家中人也吃。如養狗，當然也餵狗。

山東大餅／麥高

餅大直徑三尺外，又圓又厚像鍋蓋。
裡酥外脆香噴噴，套到脖子容易帶。
餓了就把嘴巴低，一口就咬一大塊。
日頭再毒不用傘，脖子以下不怕曬。

與衍豐分享伊美兒（Email）

／孫英善

伊美兒好脾氣，隨叫隨到便利。
蘇州和洛杉磯，猶如近在咫尺。
噓寒問暖隨意，老友歡天喜地。
它有一大優點，不必花錢郵寄。

中國的離婚率／麥高

中國努力爭領先，沒想爭到離婚戰。
結婚離婚二五分，速度快於一頓飯。

註：大陸人的離婚率正以驚人的速度增加。尤其是80年代後的青年人節節領先。從1979年的4%，飆升到1980年的30%。據說最大的原因是夫妻不能同甘苦共患難。80年代後的年輕人都是一胎化後的獨生子女，在家中都是小皇帝小公主，二人結婚誰都不讓誰。結婚離婚最快的速度是二十五分鐘。新婚妻子看到丈夫的房產證上沒有自己的名字，便馬上離婚。

第二單元　麻將

坊間有數本麻將書，裡面都載有《麻將守則》一文，想來大家承認這一規律。但不知何人所創作。現在錄於下，供給大家參考。

我認為這些規則是正式麻將賭鬼所用，我們老人及失失智者可以不必斤斤計較。所以我在每條後面予以反駁並說出理由。

麻將守則十二條／佚名

一、按時赴約，不得有遲到早退之行為。

（太陽花遊行示威，堵住街道。富二代飆車，死傷狼藉，警察封路，焉能不遲到？）

二、圈數固定，不得有縮短延長之行為。

（三位牌手有高血壓，可能隨時急診住院，圈數焉能固定？）

三、說吃即吃，不得有反復無定之行為。

（老人眼花，看不清，七九餅焉能吃六餅？）

四、叫碰就碰，不得有猶豫不決之行為。

（有人打北風，老花眼看成西風。北風焉能西風？打北風者要大叫“北風！”才行。打牌要光明正大，不可偷偷摸摸的把牌打出去）

五、落地生根，不得有取回另打之行為。

（老友患有彈簧手毛病，打出來經常彈回去，你要同情這種病人。彈簧手是我們替一位女賭友起的綽號）

六、輕拿輕放，不得有摔牌砸桌之行為。

（有人在牌桌睡著了，必須用力拍桌才能把他驚醒，焉能不砸桌？）

七、築牌要快，不得有慢手慢腳之行為。

（一人患五十肩，一動就痛。一人患扳機指，手指伸不直。另外兩人為獨臂郎君，不習慣用左手，築牌焉能快？不要強人所難）

八、一團和氣，不得有指桑罵槐之行為。

（四人為電視名嘴，指桑罵槐成了習慣。如要改掉罵人習慣，他們就失業了。）

九、保持風度，不得有怨天尤人之行為。

（屋頂漏水漏到牌桌。馬桶不通，臭水流滿廁所，焉能不怨天尤人？）

十、敦重牌品，不得有勾結叫張之行為。

（一人為上司，三家爭相輸錢，以求升官，焉能不勾結叫張？）

十一、入廁要少，不得有一圈數便之行為。

（一人瀉肚，二人便秘，快慢各有不同。不可要求大家同時瀉肚。）

十二、輸錢付賬，不得有扯皮賴賬之行為。

（大家規定是贏花生米的，何必付賬？另外一種賭法是誰輸了誰脫褲子（不脫內褲），這是男女青年喜歡玩的賭法）

送牌友去美國探親／麥高

今日你們去美國，因怕輸錢躲一躲。
希望一路順風飛，多多享受天倫樂。
君走以後三缺一，我們日子很難過。
延跂為勞倚門望，日夜手癢直哆嗦。
回台之時早通知，以便月前早擺桌。
行囊多帶美金來，贏錢誰怕美金多。

贏回很困難／張玉法

今無雀城戰，荷包較保險。
一旦輸光錢，贏回很困難。

假裝手洗牌／陶英惠（註一）

三人假裝手洗牌，原係有意惹塵埃。
法老誠實對號坐，其他四人心情快。（註二）
旅美之人快回台，你們不必久等待。
司馬之心誰不知，休想人人全裝呆。

註一：三個牌友見面三缺一，深感遺憾。於是照了張三人假裝洗牌的照片，分發另外二人，向其挑戰，看看誰先前來參戰。

註二：法老，張玉法老先生。

陶英惠：能歌善舞，談吐幽默。記憶力特佳，能背誦好多人的電話號碼。台大歷史系畢業。中央研究院研究員。任職中央研究院三十多年。曾任三位院長的秘書主任及胡適紀念館館長。另外，他還寫了很多書。

順便一提，麥高所有的作品都蒙陶先生校對。非常感激。

思念／許延熇

萬里航天君壯遊，南北加州任逗留。
闔家團圓迎新歲，含飴弄孫樂悠悠。

可憐兩樓雀聲休，害得三友空搓手。（註）
照影一一傳君前，寄語早日釋歸舟。

註：兩樓：打牌的地點分別在不同的兩棟樓中。《思念》是指牌瘾大作，希望旅美牌友快快回台

註：許延熇，台灣大學農化系畢業，終生獻身教育界。曾任基隆女中教務主任，楊梅治平中學校長。喜歡寫作，為打油詩高手之一。

身患感冒無法出戰／麥高

英法先熇四位鑒：不克北上大會戰。
皆因賤體患小恙，恐怕細菌會傳染。
盼君多多贏點錢，準備十日再相見。
屆時將攜大提包，定會滿載而南還。
你們四人不做夢，不會擔心被替換。
假如仍然輸了錢，可見牌技非常慘。

衍豐帶病參戰／陶英惠

衍豐稱病實怯戰，就怕再輸更多錢。
克先一再好言勸，勉強帶病來應戰。
想釣大魚放長線，我們這次少贏點。
細水長流財不斷，我想大家都喜歡。

過了新年過舊年／張玉法

過了新年過舊年，辣椒照辣糖照甜。
但願時間能停留，不須當官不求錢。
牌桌忘卻煩惱事，進進出出千把元。
本是雞毛蒜皮事，何須費力學聖賢。

註：張玉法，師大史地系畢業，哥倫比亞大學碩士。中央研究院院士，曾任近代史研究所所長。著作等身，聞名海內外。

和《過了新年過舊年》／陶英惠

進出雖只千把元，七隻眼睛向錢看。（註一）
雞毛蒜皮非等閒，雖欠十元也索還。
平常請客搶埋單，一上牌桌錙銖算。
聚精會神不鬆懈，只是耳目缺條件。
個個都是老花眼，助聽掛在耳朵邊。
就怕糊塗忘記和，輸了銀子心不甘。
從來賭博無獨贏，牌技決定誰高桿。
贏了雖然很高興，輸了也不算丟臉。
六樓輸錢九樓賺，九樓輸了六樓翻。（註二）
這次輸了下次見，風水總會輪流轉。
老友相聚方桌邊，莫不開懷俱歡顏。
八圈戰罷且休兵，期待不久再相見。

註一：有一人白內障開刀，眼罩尚未摘下，所以只有七隻眼睛。
註二：打牌友人一住六樓，一住九樓。輪流做東家，並包吃包喝。

空閨怨婦／耿贊青（女）

沒有牌打日夜愁，打起牌來忘時候。
害得奴家獨在家，夜夜抱著空枕頭。

致吾妻贊青／王克先

當年耿家堂前燕，飛來咱這窮人家。
流亡學生無長物，妳卻不嫌窮措大。（註）
相夫教子雖然苦，從來沒把脾氣發。
循循善誘終有成，兒女出衆親友誇。
平日我好打小牌，贏錢妳往口袋抓。
謝謝妳這賢內助，願否來生再結髮？

註：長音漲，錢財的意思。不要讀錯了，也不要解釋錯了。
　　王克先教授的夫人姓耿名贊青，是朋友之間出名的賢內助。二人合作無間。吃煮蛋時，克先吃蛋白，贊青吃蛋黃。吃餃子時，克先吃餡，贊青吃皮。信不信由你。

打牌／麥高

人生在世沒多久，打打牌來喝喝酒。
醫生下了戒酒令，只剩打牌能解憂。

打牌常輸錢／胡肇渠

四人打牌我勁大，從早到晚不回家。
有人能贏不能輸，輸錢人臉像苦瓜。

註：胡肇渠，終生從事教育工作。非常幽默，最適合寫打油詩。

空閨亂夫／麥高

他的老婆好打牌，四五十圈不下台。
丈夫在家好自在，夜夜召個美女來。

三缺一／王克先

千呼萬喚始出戰，雀戰半日就解散。
贏錢就想快快跑，此等牌友非好漢。

註：王克先，江蘇人。台灣國立師範大學教育系畢業。曾任嘉義大學教授，空中大學教學中心主任。著作甚多，如《教育心理學》、《回首來時路》等

打牌最怕名字怪／麥高

打牌最怕名字怪，遇到怪名必大敗。
有人名叫張連莊，有人大名許霸王。
有人起名陶贏錢，最為恐怖王剋仙。
若與他們同桌打，必定輸光褲和襪！

觀棋不語／麥高

觀棋不語眞君子，起手無回大丈夫。

假如不聽古人言，小心會被尖刀屠。

註：據2015/3/20日媒體報道，蘇州市的楊某看兩人下棋時因為多說了兩句話，引起爭吵，而被砍七刀

美國開車的人情味／麥高

美人開車守規矩，處處停車讓行人。

斑馬線上人優先，人車官司人總贏。

校車載著下一代，年輕孩子受優待。

校車一停衆車停，兩面車停十尺外。

註：美國各州有各州的規則。新罕布夏州規定校車一停，來往車輛（包括對街的車輛）都必須在十英呎外停車，讓兒童上下車過馬路。

第三單元　田園生活

湖濱鄉居偶感／莊惠鼎

把酒臨風醒醉一湖煙雨。

敲棊對月談笑萬里江山。

註一：莊惠鼎是我的好友之一。台大政治系畢業，台大政治研究所碩士。曾任中國國民黨中央黨部張寶樹秘書長之機要秘書。後為內政部長邱創煥之主任秘書，然後為台灣水泥公司辜振甫董事長之聘任安全室主任，後升台泥副總經理。從台泥退休後，轉任達和航運公司董事長。不幸因肺炎於民國104年4月24日與世長辭，享壽八十有三。惠鼎讀台大，我讀師大。我無錢買自行車，惠鼎便送我一輛。雖然不是全新車，但我騎著人生第一輛自行車在台北市大街上飛馳，洋洋得意，好不威風。

讀高中時，我們同班。莊惠鼎（台泥副總經理）、滕以魯（師大教授）、王曾才（台大文學院長）和我晚飯後習慣地一同到校門外竹林小徑散步。四人好似有講不完的話，一散就散一個多小時。班長常永棻（加拿大多倫多發電廠高級工程師）戲稱我們為竹林四賢。

註二：此對聯雕刻在惠鼎用直公館門兩旁，由惠鼎撰聯，由名書法家章然書寫。

註三：此詩於前天打入電腦，準備出書。沒想到惠鼎於昨天辭世。令人傷心，我們五人已走了兩個。另外一個腦部開刀，希望趕快復原。

向惠鼎說再見／麥高

惠鼎：

在此說一聲再見，雖有千萬個不願。

你竟捨我們而去，欲哭卻淚水下嚥。

你雖然久患小恙，離別仍感太突然。

你我曾共同流亡，中學六年同一班。

雖窮無立錐之地，但吃苦卻也心甘。

因為我們有希望，明天會光明燦爛。

晚飯在教室歌唱，我們的信心滿滿。（註一）
當我們各有所成，期望享受好晚年。
我們在甪直購房，大房子相去不遠。
難道是上帝忌才，竟突然把你召喚？
我久久不能相信，幸福竟如此短暫。
我們守本分做人，上蒼何不假天年？
你聰明而又練達，成就能力大家羨。
你洞悉人間一切，開口即真知灼見。
我心中雖然不說，但你知我心感念。
我一直受惠於你，卻無機會來報還。
當師大宿舍關閉，你留我台大掛單。（註二）
記否你送我單車，我騎車高興吶喊。
窮人已有自行車，樂如登泰山之巔。
以前的種種回憶，歷歷呈現我眼前。
我午睡迷糊醒來，總感你仍活人間。
可你已遠去天堂，天人如此的遙遠。
真願有來生來世，我們能重續少年。
天真無邪的日子，讓人有無比依戀。
生老病死人難免，我們應相去不遠。
願你一路好好走，孔子杏壇再會面。

註一：當時我們最大的享受是每天晚飯後到教室開懷歌唱。

註二：有一年師大宿舍暑假關閉，我無家可歸，惠鼎留我在台大第六宿舍非法住了一個多個月。六十年後，雖然晚了點，但仍願在此謝謝台大。

同時，也在此謝謝大同中學（那時位於新生南路）大學聯考時，我們十幾個同學從員林來參加聯考，但無處投宿，晚上經過大同中學門口，便與門房商量，能不能讓我們在他們教室睡兩夜（放暑假學校無人）。門房是山東同鄉，很同情我們的處境，便讓我們住下。天無絕人之路，到處有好心人。

牡丹園／戴之甫（女）

一朵牡丹值千金，滿園盛開三月春。
百花之王它獨佔，富貴榮華繫一身。

老友送來香椿樹／楊昭奎

漫步淌洋後院中，赫見香椿樹長成。
綠葉繁茂樹形美，老友身影現朦朧。
一日見樹三四回，舊日情懷暖心胸。
風吹樹梢沙沙響，心語傳送思念情。
去歲允華幼苗寄，分送兒女植家中。
唯獨我家長得好，友情灌溉營養豐。

詠豆腐／王衍裕

豆腐很好吃，老少均適宜。
植物蛋白足，補鈣功也奇。
人說吃肉香，我吃豆腐喜。
喝碗豆腐腦，心裡美滋滋。
香椿拌豆腐，勝過吃田雞。
人生享受多，何必參茸鯢。

難得地瓜大翻身／張令怡（女）

難得地瓜大翻身，拉下那些大富人。（註）
當年窮人吃地瓜，富人專吃洋麵粉。
富人得知地瓜好，全向窮人來跟進。
老農不知種啥好，富人為何總變心?!

註：據某一研究，地瓜的營養價值名列第一，地瓜葉名列第四。所以富人也搶吃地瓜。吃地瓜最好不要去皮。

合歡樹／麥高

後院有棵合歡樹，真沒想到如此酷。
年前矮小不經意，忽伸傘蓋及窗戶。

春開紅花滿街旁，層層細葉遮陰涼。
粉紅花球美人面，行人蝴蝶共欣賞。

柔枝乘風敲我窗，花香伴我讀案旁。
如夢似真難分辨，經常忘卻讀何章。

舊時庭院有此樹，祖父親栽人已去。
面對此樹最忘我，夢魂沉入舊時路。

種豆東籬下／麥高

種豆東籬下，日夜向上爬。
令人真驚喜，兩月結豆莢。
此物最香甜，處處可用它。
炒飯必需品，蒸魚亦甚佳。
鮮綠引食慾，營養數三甲。
願君多享用，豆農笑哈哈。

註：美國的中國餐館中豌豆角（snow pea）用處多多，消耗量非常大。很奇怪，台灣和內地的消耗量卻不怎麼多。也許是因為價錢貴了一點。

退休做園丁／麥高

誰說難得半日閑，老夫退休日夜閑。
人如遊魂東西蕩，閑極無聊來種園。

春風野草拔不盡，日日拔草在田間。
久蹲自感非當年，站起常感頭昏眩。

自己種菜自香甜，園中瓜菜四時鮮。
碩大番茄掛滿枝，無奈市上價更廉。
園中蔬菜無公害，誰與市上來比攀？
番茄冒紅鳥來啄，必與鳥類來爭先。

鋤土澆水忙天天，無蟲無毒眾喜歡。
單車載菜送鄰友，與友分享心自滿。

心慕陶公田野志，無法悠然見南山。（註）
但期瓜果掛滿院，怡然自得賽神仙。

註：陶淵明的〈歸去來兮〉開荒的地方可以“悠然見南山”但用直附近沒有山，非常遺憾。

大冬瓜／麥高

采菊東籬下，猛然見冬瓜。
冬瓜如此大，大得如娃娃。
早春曾播種，忘記它會爬。
爬入草叢中，結瓜如此大。
摘下示親友，贏得人人誇。
誰說農夫苦，抱瓜笑哈哈。

院中的春夏秋冬／麥高

春暖花開聽鳥鳴，夏季瓜果垂滿庭。
秋桂濃香賽殘荷，冬雪照窗耀眼明。

多吃水果／陶英惠

一斤花生二斤棗，好運經常跟你跑。
三斤葡萄四斤梨，吉祥和你不分離。
五斤橘子六斤蕉，心想事成煩惱消。

七斤楊桃八斤柚，左右逢源天保佑。
九斤芒果十斤瓜，詩人處世人人誇。
假如你不喜歡吃，何不送來到我家。

2014年中國宣佈把馬鈴薯升級為主食，向麵粉與稻米看齊。此舉甚獲我心，特別寫此詩讚揚。

歡迎馬鈴薯升級／麥高

營養雖不像地瓜，遠遠勝過太陽花。
不願爭寵在世間，隱身埋名生地下。

默默無聞數千年，今終升級換門面。
感謝土豆馬鈴薯，幫助窮人避饑寒。

當年經常有饑荒，飢餓災民滿村莊。
假如沒有馬鈴薯，定多餓殍倒路旁。

來把土豆當主糧，實屬中國效西洋。
洋人非常喜土豆，賽過麵包與牛羊。

土豆為物甚偉大，營養豐富數三甲。
纖維多多脂肪少，雖然多吃不會發。
種植起來很容易，一粒可種一大把。
燒烤烹炸隨君意，老少咸宜吃法雜。

儲藏起來很容易，荒年救命全靠它。

政府如今來推廣，崇洋絕對好辦法!

如今滿屋馬鈴薯，兒吃薯條我沙拉。（註）

切記切記又切記，吃時洗淨休帶沙。

註：在家鄉荒年時，地瓜與馬鈴薯救了好多窮人。
馬鈴薯也叫土豆或地蛋。它的優點特別多。它耐旱耐熱，抗疾病。耐貧瘠的土地，甚至鹽性土豆也可生長。中國大部分的土地都適宜種植。歐美早就把馬鈴薯當主食，中國政府現在宣佈把馬鈴薯當主食可說是崇洋。這年頭一提崇洋必是好事，我們豈可拒絕。
馬鈴薯有白，黃，紅，紫等顏色，以紅與紫色最有營養。你吃西餐時，隨主菜（如牛排）一起端來的，不是小麵包就是馬鈴薯，或二者都有。馬鈴薯的吃法有四種花樣：馬鈴薯糊，烤（煮）馬鈴薯，薯條，或馬鈴薯塊。當然小孩子最喜歡的是薯條。
因為愛爾蘭一直以馬鈴薯為主食。在1845-1852年間，因馬鈴薯生一種病而全部死亡而造成荒年，人口消失了四分之一。這包括餓死的，病死的，和逃難的。美國現在的愛爾蘭後裔特別多，他們的祖先就是當時從愛爾蘭逃難來的。自從那次馬鈴薯病以後，馬鈴薯病便沒再發生過，它很潑辣。

註：馬鈴薯也可做沙拉吃，馬鈴薯沙拉做的三明治同樣好吃。

遊台中后里／麥高

右看繁花一大片，左看繁花又一片。

若問為何處處花？因為我來看花展。

櫻花樹下／麥高

櫻花櫻花處處開，櫻花樹下等夫來。

丈夫來了照張像，像中嘴斜眼睛歪。

不怨眼睛長得斜，卻怨丈夫技術壞。
回憶當年初戀時，誰理技壞眼睛歪。

黑金鋼／陶英惠

花生黑金鋼，吃了保健康。
只要多多吃，齒頰常留香。

油炸花生米／麥高

花生好吃不能多，如吃太多會上火。
我今長了滿口瘡，都是貪吃惹的禍。
註：此處指油炸花生米及炒花生。

榮譽制度／麥高

人類漸漸變得壞，榮譽制度已不再。
農家菜攤擺路旁，自己付錢自拿菜。
註：我住在美國新罕布夏州時，鄉下路旁菜攤上設有投錢筒，可按照定價付錢自己拿菜。菜攤無人看管。直到今天，美國的街頭報紙仍保持榮譽制度，投一枚硬幣便可取報。

美國的同性戀可以結婚／麥高

美國法院大解放，姑娘可以嫁姑娘。
當然小生娶小生，從此世界不一樣。
誰是老公誰老婆，顛鸞倒鳳都是凰。
女人何必找面首，男人斷袖不掩藏。
最為解放是神父，和尚尼姑喜洋洋。
男男女女忙翻天，牛郎妓館大興旺。
情人謀殺日日有，法院從今更繁忙。
清官難斷家務事，混亂官司將上場。
可曾想到父子戀，母女二人彼此上。
人道動物大滅絕，人類大概要滅亡。

（2015/6/27日美國最高法院宣佈同性戀可以結婚，這是世界一件大事，影響深遠。兩位獨身女台灣總統候選人一定要表態了，請說實話。）

第四單元　男女兩性

2015/5/10日台灣的的中國時報報道，Viagra（譯為威哥，或威而剛）在中國的銷路去年猛增47%，而其他國家的銷路卻逐漸減少。

中國人人要壯陽／麥高

華人性慾很堅强，原來全靠威爾剛。
弱男只要吃十斤，功力定能掃四方。

可惜國家一胎化，吃多吃少全白搭。
何不節“葯”多運動，大筆外匯不用花。（註一）

只聞性强鬧强姦，未聞微軟來犯案。
若是男人全吃葯，警察豈不忙翻天？

古人未聞威爾剛，中國延綿五千年。
小霍捐軀二十三，今人壯陽戰妓院。（註二）

註一：威爾剛很貴，中國必須花錢從美國的輝瑞製葯廠購買。

註二：西漢名將霍去病戰死沙場時年僅23歲。他留給後世的名言是《匈奴未滅，何以為家？》他不但沒吃威爾剛，為了報國，連婚姻都延後。

註三：中國性無能的人可能很多。原因是中國人患病的人很多。例如高血壓，糖尿病，性病等等疾病，都會造成性無能。而病人所以患病，是大多數人不知節食與運動。猛吃猛喝絕對有害健康。

小心我有十把刀／麥高

小心我有十把刀，鋒芒尖利不得了。
高手專攻下三路，慕名美女定中招。
先攻妳的小蠻腰，再攻妳的大錢包。
玩上三年就分手，誰賺誰賠咱知道。

中國歷史上排名最前面的二十二位美女

（最近網路上選出一百位中國美女。王衍裕把最前的二十二位美女寫成打油詩，列於下面，沒完成的美女以後寫）

妹喜／王衍裕

“有施”戰敗獻妹喜，夏傑身邊侍枕席。
昏君自古都好色，亡國怎怪女人迷。

註：妹喜，夏朝最後一位皇帝之妃。有施之女，國色天香，美艷無比。嫁給夏桀以後，盡情享受，酒池肉林，裸身嬉戲，最後因而亡國。

註：王衍裕：麥高之大弟，山東棗莊人。雖然因家貧初中即投筆從戎，但在軍中努力自修，而成為頂尖軍醫。又因勤於閱讀而成為打油詩高手。

褒姒／王衍裕

烽火台下亂哄哄，勤王兵馬恨無窮。

亡國何須動刀兵，只須褒姒笑幾聲。

註：褒姒，周幽王王朝裡的第一大美女。周幽王的第二任皇后。以不好笑出名。以笑亡國。

蘇妲己／王衍裕

妲己向來稱禍水，狐狸化身害國家。

殷紂本是昏庸君，竟把狐狸當做花。

註：妲己，商紂之妃。姓己，名妲。商紂王的最後一位皇后。據說，她是狐狸變的，喝醉了以後會現原形。

貂蟬／王衍裕

男人爭權不要臉，拿著美女當炮彈。

可嘆貧賤貂蟬女，何處許妳爭人權？

註：貂蟬，歌女，國色天香。呂布與貂蟬的故事膾炙人口。

李師師（1102~1124）／王衍裕

師師臉蛋頂呱呱，惹得皇帝野性發。

床上摟著小嬌娃，床下有人鬧磕牙。（註二）

註一：李師師，北宋末年知名青樓歌姬，深受宋徽宗喜愛。宋朝南渡後，下落不明。

註二：周邦彥與李師師約會，宋徽宗忽然來了，周邦彥只好躲到床下去。不禁咬牙切齒

陳圓圓（1623~1695）／王衍裕

圓圓太美惹禍端，好色男人爭破臉。

三桂一怒為紅顏，為爭美女當漢奸。

註：陳圓圓，原姓邢名沅，字圓圓。一代名妓。吳三桂為了陳圓圓而引清兵入關。

趙飛燕（公元前45~1）／王衍裕

來自民間做皇后，身輕如燕掌上舞。

如來巴掌無限大，借給劉驁學耍猴。

註：趙飛燕，漢成帝劉驁的第二任皇后，以身輕如燕出名。可在手掌中跳舞

王昭君／王衍裕

昭君出塞名氣發，蒙漢和諧是一家。

蒼茫大地留青冢，流傳至今人人誇。

附：元帝劉奭後悔莫及／王衍裕

美女送人心糟雜，醋勁才把延壽殺。（註）

後宮佳麗大把抓，送人一個那怕啥？

註：延壽，毛延壽，替王昭君畫像的畫師。

註：元帝劉奭就是把王昭君送去和番的皇帝。

文成公主／王衍裕

文成公主美如花，嫁與藏王傳佳話。

漢藏人民歌盛事，兩族由來是一家。

蔡文姬／王衍裕

身處亂世命運差，才女有才卻無家。

淪落異族得再嫁，生兒育女姐妹花。

人有才氣總要發，名作胡笳十八拍。

文姬歸漢賴曹操，再續漢書追老爸。

註：蔡文姬，姓蔡名琰，字文姬，東漢大文學家蔡邕的女兒。

馮太后（西元442~490）／王衍裕

史上女主常有，北魏馮氏太后。

兩度臨朝稱制，改革頗有成就。

誅殺奸相乙渾，政權穩定過渡。
傳播中華文化，漢胡民族同秀。
註：馮太后，北魏文成帝的皇后。

呂薙（西元前241~前180）／王衍裕

呂薙心狠手也辣，敢把功臣韓信殺。
劉邦拚死爭天下，身旁臥個野心家。
註：呂薙，劉邦的皇后。以心狠手辣出名。

李香君（1624-1653）／王衍裕

拼將性命拒權奸，扇面桃花盡血染。
香君本是章台柳，志堅勝過男子漢。
悲歡離合各有緣，興亡存廢全在天。
六朝煙雨隨風去，今日上演桃花扇。
註：李香君，清朝一代名妓。音律詩詞，絲竹琵琶無一不精通。

武則天（624~705）／王衍裕

則天女皇取名曌，自比太陽真可笑。
執掌朝政二十年，刻薄歹毒又耍刁。

重用酷吏來統治，冤獄錯案少不了。
身後立塊無字碑，政績好孬不知道。
註：武則天：是中國歷史上唯一一個正統的女皇帝。

孝莊文皇后（1613~1688）

／王衍裕

清初孝莊文皇后，治家理政是能手。
兩代頑童當皇帝，循循善誘精心輔。
皇位爭奪如水火，智保政權穩過渡。
昭昭事跡垂青史，政舉民安江山固。

李清照（1084~1155）／王衍裕

才高八斗世少有，文壇史上傳名久。
詩詞詠盡半生愁，慘慘淒淒恨悠悠。

名門閨秀小姐嬌，家破人亡境遇糟。
漱玉泉湧聲嗚咽，似淚似愁流今朝。
註：李清照，書香世家，一代詞人。著有《易安詞》、《漱玉詞》

西施／王衍裕

靚女西施神抖擻，充當誘餌赴虎丘。
吳王中計娶西施，縱使亡國也風流。

民間喜傳美女事，東施效顰人人知。
環肥燕瘦西施美，誰問夫差和范蠡。

註：西施，為古今第一美人。與王昭君，貂蟬，楊玉環並稱中國四大美女。

楊玉環／王衍裕

玉環凝脂酥又軟，惹得君王不上班。
金屋妝罷嬌侍夜，饞死乾兒安祿山。
漁陽鼙鼓來造反，三郎好夢全玩完。
禍水豈獨蘇妲己，你說玉環算不算？

註：楊玉環，能歌善舞，才華壓倒歷代后妃。

襲人（紅樓夢人物）／王衍裕

丫鬟群裡最幸運，癡心想做屋裡人。
得寵成了性工具，每月多得二兩銀。
三春過後諸芳盡，偏留襲人自由身。
大夢不醒憑石頭，下筆緣何太偏心？

註：襲人，賈寶玉房中丫鬟的首領人物。賈寶玉初試雲雨的對象。襲人的好夢一直未完。她的結局比其他美女都好，可能因曹雪芹對襲人有偏愛。

賽金花（西元1870~1864）

／王衍裕

傳奇名妓賽金花，嫁個狀元笑哈哈。
俄德荷奧觀山景，使節婦人走天涯。
丈夫死了操舊業，駕輕就熟是行家。
風光半世晚景差，人老珠黃豆腐渣。

柳如是／王衍裕

才女煙花一身兼，抗清曾把資金捐。
吟詩繪畫皆通曉，色藝俱佳一時傳。
嫁個老頭錢謙益，名士風流骨頭軟。
只要有官他都做，管他黑臉抑白臉。

慈禧太后（西元1835~1908）

／王衍裕

陰謀奪得權在手，死皮賴臉不肯走。
主要政績是賣國，歷史舞台女小丑。

末代皇后婉容（1906-1964）
／麥高

容貌秀美小婉容，琴棋書畫無不通。
年滿十七正當年，有幸被選入清宮。
普天之下父母心，女為皇后最光榮。
沒想溥儀同性戀，更壞趕出紫禁城。（註一）
天上忽然降凡間，雙重打擊心意冷。
逃避現實染毒癮，受盡折磨悄然終。

註一：溥儀如不是同性戀就是性無能。

註：婉容：滿名：郭布羅氏・婉容。1905年出生於內務舊府榮源府內。1922年已滿17歲，不僅容貌端莊秀美，清新脫俗，且琴棋書畫無所不通。在貴族中聞名遐邇。同年被選入宮。為清代最後一位皇后。然而，命運多乖，他的當選正是她不幸的開始，同時被選入宮的還有一位美女叫文綉。因文綉家族勢力沒有婉容大，所以文綉只能退而其次，婉容當了皇后，文綉當了皇妃。二人彼此鬥爭，無能的溥儀把罪過都推到婉容身上。婉容死時，沒有葬儀，無人臨場，沒有墓碑，好淒涼。

四好男人／麥高

四好男人世上少，妳要戴著眼鏡找。
轉來轉去終找到，原來它是一座廟。

註：四好男人的定義是：1.長得好看。2.有錢。3.不亂搞男女關係。4.不會跑掉。（俗語說：跑了和尚跑不了廟）

離婚三次要檢討／麥高

離婚三次要檢討，看來你是沒大腦。
既然鐵錘打破頭，為何再次把頭敲？
勸你快去看醫生，腦袋壞了不得了。（註）
假如不聽醫生勸，結婚百次全報銷。

註：指心理醫生。

十八少年郎／麥高

我嫁十八少年郎，體強力壯正當行。
他是孔子好徒弟，堅信食色絕不放。（註）
下班急急回家轉，不進廚房即臥房。
奴家只好隨他去，不悔嫁他少年郎。

註：孔老夫子曰：食色性也。不可反抗聖人的金玉良言。

美國的調查，有一半以上的美國成年婦女沒結婚。台灣大約有36%的30歲以上女人也沒有結婚。不婚的原因很多。一般人認為女人不結婚都是男人的錯，他們太無用，配不上女人。這種說法是對是錯男人心裡明白。下面十一首詩就是十一種原因的個案。想到這些情形，女人誰敢結婚？

男霸王／麥高

小時不要太嬌慣，當心他變大麻煩。
在家他是窩裡橫，為人做事皆獨斷。

主政他是亨利八，六個太太殺掉倆。（註）
大權在握還不夠，國教教皇他當家。

註：英國國王亨利第八。娶了六個太太，一個很幸運的死掉，一個被休掉，兩個離婚，兩個被他殺掉。他不但是國王，還自任英國國教教主。

女霸王／麥高

小時不要太嬌慣，當心她變大麻煩。
持家她是潘金蓮，主政她變武則天。
家中細小她都管，掃地做飯卻不幹。
丈夫每晚跪床前，磕完三頭才准眠。

劈腿花心男／麥高

男人生來就發賤，早晚會變劈腿男。
縱然配偶美如花，他仍劈腿嚐新鮮。
餵他五斤去勢葯，也許僅能管三天。
賊來她要拿刀砍，失火她要把你喊。
你要結婚浪困難，對方需要會養漢。

休作媽寶／麥高

你是母親小跟班，從小圍著媽媽纏。
母親就是護身符，鼻涕必待媽擦乾。
飯來只會張口吃，衣來只會伸手穿。
你娶太太不容易，戀母情結很難斷。

忘恩負義無情男／麥高

半生潦倒窮苦漢，攀龍附鳳很會鑽。
一旦成功即他去，誰要當年糟糠眷。
這種男人滿街是，千萬小心此壞男。
緊緊把握家中財，到離婚時要抓錢。

長頸烏喙男／麥高（註）

此男與你同甘苦，一但有錢把心變。
狗如好色可去勢，男人花心誰來管？

註：漢趙曄"吳越春秋勾踐伐吳"：夫越王為人長頸烏喙，鷹視狼步，可以共患難不可共安樂。

等待真命天子／麥高

美女眼睛長頭尖，不理塵世平凡男。
白馬王子執白鞭，真命天子戴金冠。
英俊王子誰不愛，只怕妳要等百年。
人生幾個一百年？虛來人間轉一圈。

男人男人你沒用／麥高

生來就是窩囊廢，縮頭縮尾有龜氣。
這樣男人誰敢嫁，半夜敲門鑽床底。

失火她把水龍開，賊來她要拿刀砍，
此男只會偷小三，還會虐妻住醫院。

皇帝公主難長久／麥高

世界趨勢一胎化，你們全是單傳家。
你是家中小皇帝，她是公主一朵花。

你視女人是玩物，她把父母當丫鬟。
兩人皆是溺愛子，二人結婚誰示軟？

男女二人龍虎鬥，鬥魚永遠咬對頭。
神仙難把你們救，最後只有兩分手。

惡婆婆／麥高

婚前妳是掌上珠，沒想婆婆是女巫。
年輕美艷小妖精，對上霸道女屠戶。
這場好戲有得看，加上搖擺小迷糊。
婆媳二人來鬥爭，不是她輸就妳輸。
妳要好好來處理，否則他會離妳去。
讀讀孔雀東南飛，教妳如何多自處。

同性戀／麥高

假如一人同性戀，你的婚姻有麻煩。
當年有個騙人精，騙你人身又騙錢。
趕快離婚求結束，不必虛假維顏面。
有人假裝單身女，實際卻是同性戀。
有人男女皆通吃，無論男女都可玩。
結婚以前要弄清，免得別人把你騙。

扒灰之起源／謝宗祿

細草叢中水一潭，欲飲心中有忌憚。
半夜春閨從不鎖，肥水不流外人田。

註：據說某人家的兒子外出謀生，只有鰥公公和兒媳留守在家中。一個寒冷的冬天，公媳二人圍爐取暖。面對嬌媳，邪念頓生。於是在炭灰中寫了兩句詩，試探兒媳的反應。兒媳婦讀完當然了解公公的意思，立刻寫下後兩句。

這時忽然有一鄰居進來，問他們二人在做什麼。公公怕事跡敗露，急忙把灰中的詩句扒掉。然後回答："我們在扒灰"。這便是"扒灰"和"肥水不流外人田"的由來。信不信由你。再回頭讀一遍，則更能體會這首詩的妙處。

註：謝宗祿，安徽人。台中師專音樂科畢業，台中師院國文系進修。喜歡旅遊。能歌善舞，并精於部分國樂演奏；著作有《退思軒閑筆》等，終生從事教育工作。是打油詩高手。

據媒體報道，洛陽有位小學二年級生寫情書給女生，信中有一句話是：我對妳的愛很深很深，像無底洞一樣。寫得非常深刻

和《無底洞》情書／麥高

愛妳在心口難開，寫封情書來表白。
此情深如無底洞，有金無情休進來。

憐你小二情竇開，情書寫得很精彩。
我等老男忍不住，開口大笑真開懷。

黃口孺子別胡來，偶然喜歡不是愛。
餓上五天沒飯吃，看你搶愛抑飯菜？

且待來日頭髮白，當年初戀現老態。
屆時你如仍愛她，才是人間真正愛。

汪峰與章子怡／麥高

汪峰跪地來求婚，子怡風光好興奮。
9C婚戒拿到手，當場送上一香吻。
不料子男來鬧場，派對忽變大新聞。
新聞又加范冰冰，影星歌星全發昏。
結婚離婚像晴陰，明星配偶轉換頻。
只要名字常上報，證明自己是名人。
最怕容顏滿皺紋，人老珠黃無人問。
明星如無臭新聞，票房影迷何處尋？

註：章子怡和范冰冰是電影明星，汪峰是歌星，子男是章子怡的哥哥。在汪峰向章子怡求婚派對上，子男大鬧一場，四人都上了新聞媒體，他們名望絕對可升高一級。

休和女人講道理／麥高

休和女人講道理，女人向來信自己。
仔細想來她全對，如講道理誰嫁你？

四十一歲乞丐徵婚／麥高

四一男丐來徵婚，竟無一人去問津。
嫌貧愛富是真理，女人誰敢不承認？

註：2015/02/28媒體報道，吉林省吉林市有一個41歲男乞丐胸前掛著牌子在大街上徵婚。滿街女人卻無一人搭理他。我很同情女人的決定，但仍難免嫌貧愛富之譏。
我認為這個乞丐有自大狂或者非常有幽默感。更可能他是一個富豪假扮乞丐。假如下次遇到乞丐徵婚，奉勸女士去試試看。

老太婆穿熱褲／麥高

白髮鄰居王大娘，穿著熱褲遊賣場。（註）
當年必是美腿妹，怎卻美腿變木樁。
美女熱褲很性感，大娘熱褲很感傷。
可惜沒帶照相機，拍張照片共欣賞。

註：熱褲由hot pants翻譯而來。它是目前女生流行的短褲，僅可蓋到屁股的一半。現在好像叫迷你褲。很難分辨它們與內褲的不同。不過，男人都喜歡熱褲和迷你裙。林語堂說過，演講就像女人的裙子，越短越好。可見林語堂也喜歡短褲的美麗。

君問我妻未有妻／麥高

君問我妻未有妻，無才無錢誰人理。
鄰家有位小美女，經常門前討小米。
雖然相看兩不厭，只是無言對啞謎。
勸君休為我高興，原來牠是一隻雞。

剩女太多好男少／麥高

剩女太多好男少，見到好男就心跳。
男人本來就心壞，見到美女豈肯饒。
只要配偶不知道，絕對勇敢來打炮。
若是不幸被抓到，痛苦流涕叩如搗。

阿基師／麥高

阿基師的手藝高，做出菜來味道好。（註一）
天生壯男難自棄，更精男人那一道。
何況粉絲圍周遭，只要點頭就辦到。
摩鐵可稱野合地，常去摩鐵把魂銷。（註二）
為時竟達三十分，羨煞九十麥高佬。
可惜基師非政客，電視前面表清高。
本來大家不知道，越描越黑全國曉。
奉勸阿基學政客，神隱廚房多祈禱。
記者來了藏床底，口中最好含隻鳥。
無論記者問何事，嘰嘰喳喳學鳥叫。

註一：阿基師本名鄭衍基，台灣的名廚師，曾經主持過電視節目，並替很多品牌做廣告。最近他被抓到帶女人到摩鐵去摸貼，可謂人財兩失，丟掉不少廣告收入。

註二：台灣把motel（汽車旅館）音譯成摩鐵。Motel是由Mobile（汽車）和Hotel（旅館）二字合成而來，所以汽車旅館才是正經的翻譯。如要音譯，譯成"摸貼"則更有情趣。

無淫無慾人生／麥高

出生貧賤志未酬，九品小官無處求。
人說飽暖思淫慾，未飽未暖何須愁。

富家千金／麥高

富家千金真正酷，一擲千金你來付。
休怨富女太小氣，如不小氣怎能富？

我有老妻八十七／麥高

我有老妻八十七，別的沒有有脾氣。
假如不隨她的意，絕對跟我掀老底。
若問老底是什麼？陳年舊事哪能提。
假如拿尺量一量，又臭又長你難比。

報載成都一位新娘身上戴了五公斤的黃金首飾出嫁，大約值140萬人民幣。

新娘如此多金／麥高

（一）
新娘如此多金，無數窮男動心。
小心貪財郎官，洞房拿金走人。

（二）
但願人財兩得，夫妻夜夜歡心。
從此增產報國，不久兒女成群。

（三）

小心男人發賤，有錢就娶小三。

夫妻很難相容，日夜打起內戰。

（四）

古人妻妾成群，何不息事寧人。

也可法庭相見，三人總要火拼。

（五）

奉勸天下女人，休去做他小三。

天下男人多多，大陸人滿為患。

俯拾即是壯男，可以隨時去撿。

婚外沾花惹草，絕非老實好男。

先“有”後婚妳倒霉／麥高

先“有”後婚是騙人，五年之內就離婚。

單親媽媽妳當定，棄婦聲名隨妳身。

假如沒有贍養費，貧窮大坑妳打滾。

拖著油瓶如再嫁，孩子受虐難為人。

註：據最近調查，先有後婚的夫婦，80%在五年之內離婚。

十年媳婦熬成婆／麥高

十年媳婦熬成婆，升級婆婆幹什麼？
除了妳不再掌勺，其他瑣事更囉嗦。

還是回歸小媳婦，問夫畫眉入時無。
老氣橫秋啥意思，三年就變老女巫。

2014/12/30媒體報導，88歲的李姓獨居老婦人，仍蓋著使用了62年的舊棉被。棉被已經千縫萬補，硬梆梆的不再保暖，但她仍縫縫補補繼續使用，堅拒旁人贈送的新棉被。因為這條被子使她懷念過世的丈夫。她丈夫44年前去世。蓋這床被子她才感到溫暖。

蓋有年矣／麥高（註一）

貞潔烈婦已不多，您是人間丹頂鶴。（註二）
意志堅定如磐石，不怕苦難與冰雪。
相愛瞬間即永恆，守著婚誓孤單過。
緊抱六十年前被，猶如抱夫相擁臥。
一夜夫妻百世恩，此被溫暖如爐火。
雖然家貧卻守寡，羞煞蕩婦幾萬個。

註一：有一謎語，謎面是"老太婆的被子"（打某一歇後語）。謎底是"蓋有年矣"。

註二：丹頂鶴一生只婚配一次，一旦失去配偶便不再尋覓第二偶配。

母親節／楊昭奎

天倫夢覺五月天，母親節日到人間。
感恩慶祝慈暉愛，家家戶戶增溫暖。
慈母心像三春暉，只有關懷無悔怨。
顧府庭院溫馨聚，五位良母好心歡。
知冷知熱多牽掛，盼兒望女家美滿。
祝福前程花似錦，光耀門庭到永遠。

咱父親／王衍裕

小學教師孩子頭，性格文弱人忠厚。
工薪微薄人七口，哪天不是窮湊合。
戰亂匪患全歷遍，盡日風雨盡日憂。
盼望解放得解放，只求生存別無求。
慶幸後來當校長，七口之家僅糊口。
悲歡離合世難免，結髮老去情悠悠。
老來不幸患癡呆，六親不認不知愁。
辛苦一生終歸去，無痛無憾平安走。
家貧常有打拼後，兒女成就前未有。
在天父母應滿足，您的身教留身後。

註：我們的父親可說是民國開始時代的悲劇代表人物。他出生在鄉下的書香世家，年輕時讀私塾，計劃考功名。可惜科舉取消，他變成手不能提籃，肩不能擔擔的無業遊民，幸好在當地唯一小學謀得教職。但時局不穩，戰亂不斷，薪水時有時無，三餐難以為繼。雖然是破落戶，但在土匪眼中，仍是大肉票。山東土匪劉黑七攻進泗水縣卞橋鎮，把父親綁去。土匪綁架肉票的方法是摸男人的手掌，如果手掌沒硬

藺，便是有錢人。結果付了三次款都沒放人（因為他會替土匪寫信和算帳）。後來因官兵圍勦，父親躲進一棵老樹洞中自己逃回家。經過這次災難，我們家就變成台灣所謂的三級貧民戶，吃飯都成問題。唯恐再遭綁架，只好分家。這時祖父家的財產已所剩無幾。父親因綁架花錢太多，只分到一棟房子和城南門外的一畝地。掙扎了一年後父親只好逃荒，逃到嶧縣，仍然教書。所以我們的籍貫改成嶧縣。父親雖然得受百無一用（除了教書）之苦，但仍然認為孩子必須唸書才能有出頭之日。有機會就讓我們唸書。我因風雲際會，從流亡而努力到美國讀書，畢業後在美國工作。大弟衍裕因家貧從軍，在軍中自修而成為良好軍醫。讀書甚多，其打油詩可資證明。二弟衍慶是背英文字典的人物，可以從A背到Z。高考（大專聯考）可讀清華。但因紅衛兵之亂那年清華停止招生，只好讀海洋大學，因系國家重點大學，完全享受公費，畢業後工作順利。我們三人都沒當大官，但衣食無憂，足可告慰父母。

只有老婆在乎你／孫英善

只有老婆在乎你，此話發自我心底。
同甘苦，共憂戚，天下無人可比擬。
當你貧病潦倒時，相伴相隨永不離。

只有老婆在乎你，當然有人不同意。
親姊妹，好兄弟，骨肉相連古倫理。
面對爸媽遺產時，手足互殘不稀奇。

只有老婆在乎你，請勿罵我太孤僻。
好朋友，是巴弟，兩肋插刀夠義氣。（註）
一旦碰到權和利，你死我活拼到底。

只有老婆在乎你，絕非老孫沒出息。
知遇情，提拔義，情同父子幫助你。
只要觸到權和利，反目成仇如大敵。

只有老婆在乎你，忠言良藥永供給。
常嘮叨，小脾氣，枕邊細語真情意。
有錢難買真心話，只有愛情是真理。

只有老婆在乎你，越老越懂其道理。
品粗茶，穿布衣，老伴老骨互珍惜。
兒孫自有兒孫福，到放手時任高飛。

只有老婆在乎你，相濡以沫不離棄。
開心笑，相偎依，求人不如求自己。
旭日陽光多燦爛，黃昏彩霞更美麗！

註：巴弟，由英文body翻譯而來。可譯為死黨。一般人譯為巴弟，麥高認為譯為"把弟"最為傳神，即拜把子的兄弟也。
（2015.元旦，於南加州山城居）

江城子／孫英善（追悼亡妻陳淑美女士而改寫蘇軾的江城子）

一夕生死兩茫茫，痛欲死，隨卿往。病榻相伴，握手語淒涼。
淚盡自乾無生趣，往日情，湧胸膛。
相愛相惜近甲子，雙飛燕，全球逛。昔日歡笑，今朝淚千行。
拜求上蒼快施恩，共同穴，玫瑰崗。

台女露臀抗議／許延熇

台灣二女真風光，國外露臀撇主張。
一臀露出馬英九，一臀寫的反黑箱。
如此奇行交關夯，鬼佬按讚樂洋洋。
捨我其誰勇若是，剃刀邊緣衝前浪。（註）
為何不在台灣秀？獨留腥騷洋人享。
妳的屁股很美麗，台灣一定細端詳。

註：有兩個台灣女子在瑞士馬特洪峰前零下14度的氣溫下露臀照相。一女臀寫"馬英九站出來"另一女臀上寫"反黑箱救台灣"外籍人士大飽眼福，稱之為"Crazy girls"（瘋癲女子）

洞房花燭夜／麥高

洞房竟如此多嬌，引無數男女盡折腰。
問昨夜風流人物，誰不渴望暮暮朝朝。

註：這首詩是不是有點像毛澤東的《沁園春》？

據2014/12/29日媒體報道，英國一個24歲女子阿曼莫蒂因男友拒絕行房事，一口咬掉其睪丸。女人搞掉男人那話兒的新聞好像屢見不鮮。前些時台灣也有一位太太把丈夫的那話兒剪掉丟到八掌溪中餵魚。特寫此詩，為男人求饒，請女士們口下留情。

此物只有男人有／麥高

此物只有男人有，如到用時很順手。
雖然有時它懶散，妳怎可以咬一口？
它在世間很珍貴，但非燕窩與猴頭。
不知味道是如何？想來很像生豬肉。

雖然懶如死泥鰍，醫生可以把它救。
只要春藥吃三斤，生龍活虎穿牆透。
妳要學會foreplay，水到渠成魚自游。（註）
可惜妳把它咬掉，天下醫生正發愁。

註：如不認識Foreplay，一定要查英文字典。不許問老師。

呆男傻女／許延熇

一、結婚七年未開張，人間有此傻姑娘。
　　上床祇擁體脂香，空守桃源呆漁郎。
　　雙雙不識做人事，辜負良宵七年長。
　　幸有A片勤模仿，學得顛鸞倒鳳凰。

二、噫吁有此怪怪談，擁抱情動何須言。
　　若非展禽再下凡，恐是男女俱天閹。
　　但願A片效應强，夫有模來妻有樣。
　　種玉藍田勤耕耘，生個娃兒慰爹娘。

註：據報稱湖北武漢有一對三十歲的夫婦。男為教師女為職會計，結婚七年未孕。經醫生檢查，該女竟仍為處女。原來二人以為相擁而眠即可懷孕。後經醫師指導并輔以成人電影示範，二人才學會男女之事。真正是奇人奇事。

我願當小老婆／于允光（女）

奴家年少美嬌娥，一心要當小老婆。
小老婆，為什麼？
因為他叫張億萬，隨便要錢不嫌多。
要的多，花的樂。老頭總是笑呵呵。
除了養活小老婆，還可帶個大帥哥。
這種日子多好過，誰不願當小老婆？

英國每日郵報（Daily Mail）報導：美國賓州31歲的青年Kyle Jones專喜歡老年女人。他正與91歲的老嫗相戀，并與其50歲的母親共聚一堂，三人住在一起，相當融洽。該男子最喜與年老女人交往，他的女朋友全在65歲以上。特寫打油詩一首以誌其奇。

中級男與超級嫗／許延熇

31青壯愛老娘，65老嫗算紅妝。
91祖姥成最愛，50媽是小姑娘。

在電視裏看到很多名女人胸部裸露甚多，非常惹火。近來的大陸電影如武則天，甄嬛傳等等美女裸露更多，男人看得十分過癮。可惜害得大陸電檢處不得不大動剪刀，把女人的乳房都剪掉一半，實在令人傷心。不知道外科醫生能不能還原。

名女人的胸膛／麥高

天下名女有胸膛，走起路來會晃蕩。
可惜僅露三分二，不知下面啥模樣。

其物甚大驚四座，半掩半露甚惹火。
名女何人不裸露？引男意淫想來摸。

假如美女想爆發，巴黎好多裸體吧。（註一）
大家可能早知道，上空酒吧美國哈。（註二）
皆因婦女求解放，世人誰能管到她？
只要尺寸大又挺，可賺美金一大把。

男人皆喜看乳房，應去非洲部落莊。
原始女人皆赤裸，這才叫做真觀“光”

曾經滄海難為露，中國胸膛算啥物!?
看遍天下大小乳，除卻牛乳不算乳。

註一：世界各地都有裸體秀，我只看過巴黎及紐約的。我認為巴黎的裸體秀較具藝術美。當然每個裸體秀有價錢高低之不同，水準也隨之不同。

註二：美國早就有上空酒吧，跑堂女郎胸部全裸。

歡迎柯P進口三十萬美女／麥高

進口美女三十萬，哪個男人不喜歡？
我們這些已婚佬，也能拼湊娶小三。

奉告那些小剩女，不可眼睛光看天。
地面男人一大串，如能耕作即好男。
妳的身價日日減，何況美女擠台灣。
假如不去快結婚，想當小三都很難。
謝謝市長好政策，男人喜地又歡天。

可惜市長話多變，忽然收回前日言。
我等男人空歡喜，小三之夢真難圓。

註：不要忘記柯P還說過三十歲不結婚的女人會造成國安問題。熟女更應該多多結婚，以免造成國家危機。

大乳房／麥高

男人皆喜大乳房，女人只好使之脹。
隆乳灌漿皆用過，知否大乳敗家娘？

註：據最近調查，女人的乳房越大，越是敗家女。所以女士不必太關心自己的大小。娶太太的男人也不要光看乳房。

老翁與愛瘋／許延熇

偷學少年入網叢，八十老翁玩愛瘋（Iphone）
網上網下滑不停，車裡車外低頭行。
人前人後渾不覺，身左身右不知情。
聚精會神興方濃，抬頭驚見殺人兇。

剩女前途沒亮光／麥高

剩女前途沒亮光，抓個男人不要放。

妳的機會日漸少，老頭皆娶嫩嬌娘。

註：2015/3/13日的媒體報道：據德國人的研究，男人與比自己年輕的女人結婚，會活得更長久。所以將來富老頭子都要娶年輕女人。剩女的機會就越來越少了。

晚年添孫／周長祥

老翁得子不容易，晚年添孫最福氣。

內孫固然是可賀，外孫亦然討歡喜。

註：周長祥，山東人，台北科技大學畢業。任職工業局科長。

歡迎孫女誕生／王衍裕

千千降生惹人愛，名副其實千斤乖。

濃眉秀目看世界，大嘴哇哇報喜來。

望子成龍女成鳳，誰家不盼子女行。

呢喃雛鶯靈秀態，來日展翅飛蒼穹。

註：千千是小孫女的小名。

不必買母牛／麥高

三十歲前休結婚，此話老朽很相信。

假如喝到免費奶，何必養牛白費心。

註：蔡依林小姐最近勸女人三十歲以前不要結婚。令我想起了一句英文名句。這句名言是：Why buy a cow when you can get milk for free？（假如你能弄到免費牛奶喝，你為什麼要買母牛？）

喝人奶／麥高

喝人奶，喝人奶，戀母情結仍未解。

美國正興喝人奶，女人賣奶真開懷。

三百六十行以外，女人又可賺外快。

世界怪事年年有，女人賣奶有啥怪。

註：最近美國及中國人喝人奶的風氣時尚正在流行。甚至〈New York Times 3/31/2015〉紐約時報也有一大篇文章來討論此問題。360行之外，人間又多了一行：女人賣奶。據調查，賣奶的美國婦女每月可賺1200美元。

中國富翁日日增／麥高

中國雖然仍貧窮，富翁卻是日日增。

各國爭賺人民幣，台灣並非不眼紅。

只是兩黨陷惡鬥，你來我往互磨蹭。

我等中產冷眼看，將來誰喝西北風？

註：2015/6月的世界新聞報導，去年增加的世界富翁有一半是中國人。

第五單元　人物

平生愛看陳文茜／麥高

平生愛看陳文茜，文茜週報追著看。
她有一種朦朧美，七十看來像十三。

恭祝鼎鈞鄉兄九十大壽／麥高

不必停船來借問，我知鄉兄王鼎鈞。（註一）
高挺方直甚威嚴，眞正山東一大漢。
他的大名揚文壇，休要誤認他打拳。
自從高一就識君，越見越多感知音。

知音很難來解說，只因心中敬畏多。
我性幽默好胡說，見面總感口舌拙。
常咬筆桿學寫作，您的文章當功課。
可惜才學太膚淺，您在前頭甚難趕。

勤奮工作永不輟，作品可裝大卡車。（註二）
這種成就誰能比？千年標桿您樹立。
為人做事皆謹嚴，剛直不輸古聖賢。
九十寫作仍不斷，好人經常福壽全。

彭祖前面在招手，希望咱們繼續走。
祝您永遠身體健，留下經典後世傳。

未藉煙酒尋靈感，依然振筆文百篇。（註三）

王家大戶浪興旺，我們驕傲您姓王。（註四）

註一：引用唐.崔顥《長干曲》：停船暫借問，或恐是同鄉。

註二：王鼎鈞先生的作品大概有四十多種。獲獎獎無數。最近兩次是中國的2014第五屆在場主義散文獎及2014台灣第十八屆國家文藝獎。

註三：李白慣於藉飲酒賦詩，很有靈感，故杜甫讚之為“李白斗酒詩百篇”

註四：據最近調查，姓王的是中國的第一大姓，人口眾多。全國大約有9288.1萬人，佔全國人口的7.25%。

很少人知道，名滿天下的王鼎鈞先生，還有一位相當有名的弟弟。他就是台灣大學文學院院長（後由朱炎繼任）王曾才（王鼎玖）。曾才畢業於台大歷史系。英國劍橋大學哲學博士。歷任考試院秘書長，考試委員等職。因為我和曾才一同流亡到台灣，一同念完初中及高中，是非常要好的朋友。高一時，蒙曾才相邀，到他家玩時便認識鼎鈞大哥。以後便經常保持聯繫。

當年我和馬先醒教授，僑領鄧明臣先生共同在波士頓辦了一個《胡不歸》雜誌。因為邀稿困難，特別寫一封信向鼎鈞先生求救，他竟在百忙中免費替我們寫了一篇長稿，令人知感。在紐約時，鼎鈞大哥曾經邀我到法拉盛的一家中國餐館吃飯，是我們單獨相談最長的一次。可惜我退休來台灣居住，已經好多年沒見面了。鼎鈞大哥1925年出生在山東臨沂蘭陵，今年正是他的九十大壽。特別在此遙望祝賀。希望他福壽兩全，永往直前。

誰怕傾城與傾國？／麥高

縱讓一笑傾人城，願博一笑終此生。

人間尤物難再得，留得此生有啥用？

抗日英雄孫業洪先生／麥高

小小日本國，野心大無邊。
一心吞中國，發動二次戰。
先佔咱東北，繼佔咱魯南。
鄉紳孫業洪，振臂赴國難。
組織子弟兵，開始游擊戰。
遊走家鄉地，乘機把敵殲。
每戰有計謀，賊兵總失算。
與兵同生死，每戰必當先。
戰戰皆勝利，名揚蘇魯間。
不計名與利，只為保家園。
試問古今人，幾人有此膽。

深知救國計，教育必為先。
誓志辦學校，救助失學男。
家鄉遭兵燹，辦學很困難。
為救失學童，求告鄉老間。
先辦北洛小，辦學終達願。（註一）
收容親友童，個個來爭先。
除了捐筆款，自把校長兼。
師質相當高，校舍尚完善。
縣裡有會考，成績總斐然。
再辦一夜校，搶救失業漢。
夜校名“燈學”名揚全嶧縣。（註二）
一九四六年，勝中台莊建。（註三）

可惜内戰起，學校遷台灣。

孫公年事高，退休享晚年。

救國為己任，獻身又捐錢。

俯不怍於人，仰不愧於天。

綜合公一生，天地一好漢。

註一：北洛為棗莊市內的一個小村，北洛小學在當地非常有名。中國名作家賀敬之即是該校的畢業生。賀的《白毛女》歌劇聞名中外。

註二："燈學"是孫業洪先生在當地創辦的補習夜校。為社會失學青年免費補習。

註三：孫業洪先生後來在台兒莊又創辦了勝利中學，學生眾多，非常成功。

讀紅樓夢有感／王衍裕

雪芹先生思路深，文字獄裡免禍身。

若明若暗真事隱，繪聲繪色假語村。

虛幻頑石演虛幻，紅塵兒女說紅塵。

歷經劫難寫塊壘，十年辛苦盡淚痕。

藝術造詣登高峰，詩詞歌賦等閒吟。

痛惜先生壽太短，半部紅樓留遺恨。

詠李光耀（1923-2015）／麥高

您老人家功業大，放諸四海誰不誇。

華裔不忘華裔事，終生致力大中華。

馬雲坐了雲霄車／麥高

阿里巴巴爆天價，一覺醒來馬雲發。（註一）
股票在美一上市，誰人不知阿里巴。
中國富人他第一，不必吹牛牛自大。
美股竟然又大跌，第一又變別人家。

雖然大起又大落，馬雲無需捧瓶花。
你的數學拿一分，記否當年考北大？（註二）
人生如坐雲霄車，誰人不想坐坐它。
富貴榮華皆有命，思今撫昔仍可誇。
天有風雲人難測，誰知暴雨下不下。
你要輕鬆對世界，閒來無事喝喝茶。
你的名字留青史，誰人不羨你馬家。

註一：馬雲是阿里巴巴的董事局主席兼CEO，在美國上市後的2014/11/11的光棍節那天，一小時就創造了20億美元的收入。不過馬雲第三天就被打敗，李嘉誠變成了中國的首富。後來因阿里巴巴股票繼續跌，馬雲目前是第三名。有人說，馬雲的前途很危險，身纏很多官司，可能傾家蕩產。
目前搞發電產業的李河君名列第一，李嘉誠第二，馬雲第三。當然名次隨股票漲落而上下。

註二：當年馬雲考北大時數學僅拿到一分。讓我這個大專聯考數學拿兩分的人感到非常驕傲。

花和尚／麥高

身處紅塵外，享受很現代。

今人非昔比，讓人好無奈。

註：很多和尚不守清規，而最大的和尚是河南少林寺方丈釋永信，他的花邊新聞正鬧得滿城風雨。其敗行包括曾被開除僧籍，嫖娼、貪污、北大情人、海外生子，貪污幾十億，把財產轉移在情婦名下，他目前正接受國家調查。

包公如何審案／麥高

包公包公包青天，你長一張大黑臉。

犯人上堂就害怕，一看黑臉更膽寒。

王朝馬漢齊聲喊，硬把犯人嚇破膽。

驚堂木拍震瓦響，犯人早已尿褲片。

抬出冰冷狗頭鍘，犯人怕死癱堂前。

這種案子哪用審，有罪無罪畫押簽。

想來每個學校都有一個像孟嘗君的人物，大家都願做她的跟班。很幸運，我們班上就有一位幫主。

幫主駕到／麥高（註一）

實中有幫，由來有年。

幫主威名，偉大無邊。

一有美麗，二有威嚴。
旣有美金，也有日元。
排難解紛，皆無怨言。
一呼百諾，人人喜歡。
實中旅遊，她當領班。
走路太多，腸空胃翻。
一說吃飯，個個搶先。

幫主姓欒，眤名小三。（註二）
三歲會爬，四歲會站。
如果累了，還會哈欠。
小時了了，大了搗亂
越長越美，男友成串。

小三苗條，可比電杆。
因不裸游，無法細看。
風華絕代，沉魚落雁。，
浪會打扮，擦粉斤半。
天生麗質，秀色可餐。
慷慨大方，孟嘗再現。（註三）
家中殷實，浪會花錢。
購物血拼，總是領先。
每次來蘇，行頭十件。（註四）

雖然聰明，也會犯賤。
突嫁外人，我們完蛋。
轟然一聲，天昏地暗。

絕望塵世，不再留戀。
廟中和尚，多了一連。
過了好久，仍感心酸。

我們失望，她也不歡。
不知為啥，夫妻有難。
此為家事，清官難斷。
你我明白，心照不宣。

為了省電，夜夜早眠。
經常破例，最晚三點。
省電很多，錢用不完。
為了減肥，只吃兩餐。
鳳仙小姐，很會做飯。（註五）
手藝高超，可開飯店。

幫主好命，用直置館。（註六）
像大觀園，美輪美奐。
朋友眾多，來往不斷。
談笑鴻儒，白丁少見。
天天洗澡，不准偷看。
大魚大肉，永吃不完。
如要蹭飯，十點開筵。（註七）
過時不候，休得埋怨。
蹭飯人多，及早赴宴。
半夜排隊，不早不晚。

實中大漢，個個搶先。
狼吞虎嚥，誰管鹹淡。
實中精神，最佳表現。
美國習慣，幫著洗碗。
不願洗碗，可吸地氈。
抹嘴就走，不算好漢。

她會打牌，從不參戰。
這種忍功，世所罕見。
假如贏了，她分五千。
如果輸了，自己付錢。
輸得太多，她可借墊。
利息不高，十九分半。
三天之內，必須歸還。

祝我幫主，身体强健。
統一江湖，宵小膽寒。
四海平靜，國泰民安。
帶我實中，勇往直前。
實中人好，曾受苦難。
奮鬥有成，後人典範。
偉大實中，耀眼人間。
名流千古，億載萬年。
上天保佑，洪福齊天。
年年團拜，直到永遠。

註一：此題目借用楊昭奎老師所著之《天堂鳥》一書。
註二：在姐妹中，心蕊排行第三，故叫小三。

註三：王志勛在其所著之《鴻爪集》一書中稱欒心蕊為“俠義豪情女孟嘗”。孟嘗君為戰國時齊人，行俠好義，門下食客有三千多人。

註四：心蕊從台灣來蘇州甪直公館住時，總是大包小包買很多衣服。假如她不去定做衣服，那家裁縫店早就倒閉了。

註五：鳳仙：心蕊家的保姆。

註六：甪音陸，甪直鎮屬蘇州市管轄。

註七：因吃兩餐，故上午十點開飯。早飯午飯合併。

註八：心蕊領導有方，魅力無邊。一呼百諾，無論到哪裡，都有一大群保鏢跟班，故被大家封為幫主。幫主的護法則由楊師昭奎自願擔任。

劊子手／麥高

劊子手，劊子手，刀起刀落鬼見愁。
數天下頭顱幾許？個個貪官丟人頭。

削鐵如泥快鋼刀，漢奸禍首無處逃。
草民經常受欺壓，你會替咱把仇報。

你的功力勝小李，眨眼之間頭落地。（註）
但願我人有此刀，殺盡天下壞東西。

註：古龍武俠小說《小李飛刀》中的男主角。本名李尋歡。

老夫老妻／孫侗成

流亡來台六六年，身處陋巷心坦然。
老屋雖舊光線好，不改其樂無悔憾。
我生山東妻台灣，夫妻相愛似初戀。

語言不通靈犀通，相抱無言勝有言。
恩愛日子永不斷，增產報國總領先。
如今子孫皆齊全，只羨此生不羨仙。

往日情懷／謝宗祿

紛紛難解亂絲牽，一直做夢到晚年。
落葉滿地春已去，蒼顏豁齒髮皤然。
情場折節嗟余拙，美女衆多卻無緣。
有限人生終有盡，綿綿此恨卻無邊。

富二代／麥高

富二代是有錢人，一切得來靠祖蔭。
雖然揮霍浪無度，未施一文來濟貧。

介紹名聞遐邇的畫家于兆漪／許延熇

兆漪藝名天下傳，紐約畫家職業專。
水墨西畫兩兼擅，寫實抽象誰分辨。
畫展廊前人如織，國人洋佬齊按讚。
一畫美金五六萬，九轉丹成翻幾番。

龍飛鳳舞筆如椽，寫盡眞草合隸篆。

前賢唐祝堪相比，復生梵莫也讚歎。（註）

註：唐祝：唐寅，祝枝山。梵莫：梵谷，莫內。

註：于兆漪，山東人。台灣師範大學藝術畢業。先後遊學巴黎，紐約。畫風獨特，聞名中外。

蟬禪學園／園丁

蟬禪學園啓柴扉，神仙佳侶御風來。

美史權威名久著，茲更打詩通陸臺。

一葦渡江傳千年，面壁成影尤奇譚。

易筋功夫幾何增，金俠哈哈進萬泉。

註：蟬禪學園，新成立的漢簡學會會名。

考古行／園丁

一赴居延二輪臺，三登陽關四敦煌。

五十週年値盛會，九顧石室猶未忘。

圓籙和尚不簡單，築庵最近石室前。

舉步抬手即經卷，董理交割均輕便。

中都佛典最夯傳，功德做到車站前。

舉目一望無邊際，六祖壇經篇卷全。

胡公禪／園丁

胡公對此尤善譚，七祖神會才確然。（註）

所著壇經藏石室，兩京空巷瞻佛顏。

註：胡公指胡適之老師，他對佛經考證頗有心得，貢獻甚多。

註：園丁是一位學者的筆名，因主持蟫禪學園，故名園丁。他是台灣第二位本土博士，也是國內首屈一指的漢簡專家。

任家大嫂會當家／麥高

任家大嫂會當家，做起事來一頂倆。

腿快手快快如風，不怕家事亂如麻。

早上爬樹摘絲瓜，飯後又去把園耙。

院中瓜果吃不盡，門前還種黑芝麻。

細聲細氣會說話，何來精力那麼大？

經常送菜到鄰家，從來不求人報答。

任家大哥塊頭大，只會到處亂溜達。（註）

家事一概他不理，一切全都交給她。

這種太太真難找，希望來生娶上仨。

註：任大哥曾中風，遵醫生指示，每天只能走路運動，不能幹粗活。真可謂因禍得福，令人羨慕。

與衍豐重逢有感／宋照濤

兒時是同窗，逃難共流亡。

離散六十年，已是滿頭霜。

如今又相聚，欣喜自若狂。

鄉音雖未改，面容已變樣。
敘舊談故鄉，才知是同窗。
學長運氣好，沒有把兵當。
出國去深造，學會說洋腔。
退休來臺住，閒時寫文章。
君愛打油詩，贈書供欣賞。
遺憾學識淺，投筆把兵當。
一晃六七年，青春軍中忙。
退役來復學，員林把學上。
師範讀三年，又當孩子王。
時時求上進，教學同相長。

一混四十載，退休做宅郎。
今邀我打油，我腹無油礦。
為報君誠意，只好搜枯腸。
幸而不辱命，奉上詩一章。
濫竽來充數，內心感戚惶。
願君能哂納，難得我願償。

註：宋照濤，文武全才，最先投筆從戎，然後轉教育界任職。

小偷向你告別／張令怡（女）

悄悄地我要走了，正如我悄悄地來。
我悄悄提起財寶，悄悄溜向大門外。
我悄悄向你揮手：抱歉，害你破財。

註：這首詩很像徐志摩的《再別康橋》

賀英惠明正伉儷金婚／許延熇

陶李情訴幾度春，飛觴醉月慶金婚。（註）
婦唱夫隨多和順，子孝孫賢樂天倫。
情意綿綿永不斷，又憐又愛百半年。
此世此生愛不盡，來生來世再結緣。

註：104年1月13日假台北遠東企業39樓醉月樓慶賀英惠明正結婚五十年。

恭祝英惠明正金婚週年／麥高

世上有男名英惠，幸遇明正女嬋娟。
二人一見便傾心，偷偷摸摸搞初戀。
甜蜜日子過得快，如今結婚五十年。
當年曾是窮戀人，今居華廈令人羨。
兒女奉養在身邊，後悔沒生一大串。
恭祝您倆多福壽，銀行美金用不完。
今天藉機來聚會，高級餐館吃大餐。
老友最喜度週年，希望週年永不斷。

賀延熇美玉金婚／陶英惠

延年益壽好姻緣，高人也說不羨仙。
美麗仙眷人人羨，玉貌永駐兩不厭

註：這是首藏頭詩，兩人的名字皆嵌詩中。

賀延熇美玉結婚五十周年／麥高

當年美玉美如花，誰人夢中沒有她。
養在深閨人人知，冷若冰霜難勾搭。
穩如泰山延熇兄，竟然心動難自拔。
心魂顛倒日繼夜，無由想出好辦法。

車到山前終有路，不愧延熇讀台大。
精誠所至金石開，美玉終於答應他。
歡歡樂樂進禮堂，急急忙忙上床牙。
結婚方知結婚樂，二人把床當做家。
夫婦雖非億萬翁　只要有床誰管它。

光陰逝去如飛箭，恩愛日子總嫌短。
如今結婚五十年，仍然快樂賽神仙。
五對夫婦來慶祝，人生怎不惜此緣。
如果輪迴有來世，生生世世願團圓。

金婚詩獻老伴／許延熇

今日喜得慶金婚，五十聚離各半分。
獨承家務兼從公，內外交迫劬勞勤。

掬育兩小多苦辛，二女名校有榮名。
願我年年雙偕老，卿須憐我我憐卿。

註：愚夫婦五十年婚姻生活中因工作原因而分住兩地廿五年。獨賴老伴照顧女兒，同時還要上班。

致初戀女／麥高

妳是我的小甜心，初見愛妳到如今。
縱然海枯石可爛，我的愛心永不變。
假如流落大沙漠，我會提水給妳喝。
為你我可登刀山，粉身碎骨無悔怨。
可恨妳唱"寄約翰"此恨終生難吞咽。（註）
從此一去無音信，猶如撕我一塊心。
欲使失戀成追憶，竟然欲揮揮不離。
本欲投江隨水去，心有期冀一絲縷。
一旦街頭被遺棄，我會撿來照顧妳。

註："寄約翰"一首非常流行的經典英文絕情歌，名字是A Dear John Letter.（給約翰的一封信）英文歌詞是：Dear John,Oh! How I hate to write. Dear John, I must let you know tonight that my love for you has gone. There's no reason to go on. And tonight I wed another…（未完）

撿屍女／麥高

單身女郎滿腹愁，只好酒店來灌酒。
醉臥街頭被撿屍，醒來方知已出醜。
忽憶李白好詩句：借酒澆愁愁更愁。
正是人生回頭日，痛改前非做從頭。

戲咏幽默王／陳定輝

昔時有個林語堂，幽默文章咱欣賞。
語堂大師全國知，希望麥高能趕上。

註：陳定輝，祖籍湖南。台大法律系畢業。任職台灣財政部，專長為保險監理及汽車保險。

憶鄒本福老哥的大鼓聲／戴安身

老哥大鼓響咚咚，全校師生一條龍。
跟著鼓聲大遊行，走遍馬公顯威風。

註：流亡在澎湖唸書的時候，我們澎湖防衛司令部子弟學校的管樂隊領隊是劉玉印，鄒本福是大鼓手。每逢節慶日，大鼓咚咚一響，我們的隊伍便隨著管樂隊從學校出發，遊遍馬公大街。那時因為沒錢做制服，男同學穿的是用白洋布做的短褲當制服，看起來和內褲一樣，現在想起來都會臉紅。當時學校雖然很窮，但管樂隊在馬公一直是首屈一指。遷到彰化員林後，仍然是名列第一。

註：戴安身，江蘇銅山人。台灣師範大學畢業，任教於景美女高。

陋室記／王志勛

書房雖小有電腦，如要資訊網上找。
何須拋頭又露面，不出大門萬事曉。
打字繪畫都方便，燒錄列印兼掃描。
影音寬頻E-mail，千里傳真剎那到。
好書不多閒書少，坐臥之處有書繞。

管它紅黃藍綠黑，如有養分不細挑。
鑑古經今世之道，蝸居亂世任逍遙。
視野遠時空俱到，胸襟寬闊調自高。

註：王志勛是我們同學中的繪畫與文章高手。可惜現在已中風，行動不便，現臥病在復建院中。這本書中特別選其近作五篇以展示其打油詩的功力，並與讀者共饗。希望他努力復建，早日康復。電腦的功用多多，皆在這首詩中。希望大家都會用電腦。

註：王志勛，中國空軍軍官學校畢業。戰鬥機駕駛員。因台灣怪規定，父母在大陸不准飛行。後轉業，任教於員林實驗中學。為打油詩及漫畫高手。

饕餮之徒／麥高

饕餮之徒到處有，生來就帶一張口。
睡夢之時仍想吃，那裡有吃那裡走。
雖然飽了仍灌酒，難忘山珍與龍肉。
吃成大胖無法動，必須八人才抬走。

註：在電視上看到一個美國大胖子。因為太胖，無法抬出房門，只好打破門框，才把他抬出來去醫院看病。

憶當年／戴之甫（女）

未解人事中日戰，炮火連天度日難。
日夜逃亡生活苦，命在旦夕徒呼天。
小學畢業剛戰勝，國共內戰又接連。
離親別鄉隨校走，流亡學生去江南。
有師無書難上課，樂不知危自悠閒。

澎湖三年方知苦，收心讀書回鄉難。
員林三年讀師範，任教方知學疏淺。
五十研習水墨畫，七十又想作詩篇。
我以白話仿古句，道盡人生一片天。
遲來興趣吟詩樂，至老學藝何足談。
浮萍歌聲憶當年，旅遊詩畫親情篇。
流亡感懷伴童趣，生死離合訴悲歡。

台大畢業三十年有感／陳定輝

三十年前此門中，人面杜鵑相映紅。
舊時紅花依舊在，只是新生換舊生。

哭阿珍／孟絲（女）

那天聽到妳入院凶信，床前圍著摯愛的親人。
祈禱著這是一段療程，妳會快回到家的溫馨。

這樣天寒地凍的冬季，令人心情十分的低沉。
幻想妳邁過這道門坎，誰知卻匆匆離開凡塵。

妳我相識相知三十載，如今竟揮手一去無音。
不帶走一片生前雲彩，留給我悲哀重似千斤。

妳對生命充滿如此熱愛，妳四周發散燦爛的陽光，
妳熱愛跳舞，妳愛麻將；妳愛逛商場，妳愛漂亮。

妳愛小說，愛看戲劇；更同情劇中人的喜怒哀傷。
妳充滿生命，在現實生活裏總是處處為他人著想。
妳聰明，幹練，妳的心思細密，妳更寬厚而善良。

翻看逝去的歲歲年年，我們共同遊歷無數美好地方。
倫敦街頭藝人徘徊演唱，巴黎紅燈區及閃耀紅磨坊。
上海啊上海，又一次我們逛遍了舊上海的大街小巷。
記否阿根廷的探戈舞，西班牙的教堂
記否曾在雪花紛飛的黃石公園內閒蕩，
多少次的海上郵輪遠載著我們去追尋那溫暖的太陽。
妳常說生命苦短，世事無常，活在當下才最為理想。
而今妳真的瀟灑而去，放棄多年對病魔的對抗抵擋。
妳安安穩穩地沉睡了，在親人懷抱祝福中那麼安詳。
妳是那樣平靜地走了，進入了一個美麗聖潔的天堂。
縱有千百萬個不捨，卻拗不過命運為妳安排的地方。
在萬般無奈中說聲再見，我淚水直淌！
阿珍！我三十多年來推心置腹的搭檔！

（孟絲。於2015年3月2日凌晨一時。新澤西州，普林斯頓）

註：孟絲，本名薛興霞。台灣師範大學英語系學士，美國普渡大學教育系肄業，美國匹茲堡大學碩士。早年曾由文星出版社出版《生日宴》小說集。後陸續出版《吳淞夜渡》、《白亭巷》、《楓林坡》、《情與緣》等小說集。連續擔任《漢新月刊》文學獎評審多年，現為該月刊專欄作家。多年來寫作不斷，散文、小說、傳記、旅遊文學《漫遊滄桑》等散見海內外各報章雜誌。
現為美國《新州週報》藝文版資深編輯。「新州書友會」創辦人及會長。推動「以書會友，以書為友」，舉辦有獎徵文比賽多次。為

「海外華文女作家協會」資深會員及評審（2006-2008）。現為《好讀網》專欄作家（自2001年至今）。在眾多的旅美作家群中，她是一棵常青樹，永遠寫作，忙碌，活躍在讀者和親友之間。她的精力是如此旺盛，她旅遊世界，我們永遠追不上她和丈夫的腳步。縱然我們在地球的某一地點相聚，然後他們又匆匆忙忙奔向他方。

孟絲的丈夫是王士英博士。他是新澤西州春田學院（Trenton College）的系主任及教授。當年流亡時，我和他是一起挨餓受凍的夥伴。在師大時，他們二人是我的同學，只是他們比我高一級也早兩年到美國。幸運的人在困難的時候總有貴人相助，他們就是我的貴人。我剛到美國時不但身無分文，還欠了一屁股債，保證金，學費，路費都是借來的。幸賴他們各方面的幫忙，我才能順利結婚，唸書，就業。大恩不言謝。但仍忍不住在此致謝。

哭老友孫兆新／謝宗祿

靈堂哭祭別兆新，今生又失一知音。
慟爾溘然長作古，多年相交記憶深。
吟花弄月生前事，晴天霹靂傷我心。
欲吊君魂向何處，海天浩渺夢中尋。

憶校友袁澤東／許延熇

憶我校友袁澤東，自報名姓動眾容。
名重湘潭毛潤之，姓同洪憲袁項城。
台大法系學有成，高考數度遜孫生。
一怒易名袁時中，才得金榜題名榮。
榜下分發雲林郡，台西法曹顯令名。
斷獄全憑據與證，不通關說不容情。

力疾從公不酬應，案牘黽勉總勞形。
誰信天道常與善，好人竟然中道崩。

打油詩與衍豐／孫英善

衍豐學長有功力，詩篇文藝十數集。
新著「百家打油詩」令人讚歎富創意。
實中師友顯身手，踴躍執筆露才氣。
我兄多聞又强記，簡介作者學經歷。
每每翻閱來欣賞，往日情懷湧腦際。
天涯海角若比鄰，澎湖員林難忘記。
倦遊還鄉歸來兮，台灣蘇州燕雙飛。
“古今之變”不易通，順口成詩孰與比？（註）
無心獨唱夕陽紅，「百家打油」再續集。
敬謝我兄不嫌棄，奉上塗鴉表眞意。

註：古今之變：太史公司馬遷之語。
註：出一本打油詩集不容易，必先四處邀稿。英善兄因經常出書寫稿，最能體會邀稿之不易。所以一去信邀稿便熱情拔刀相助，令人非常感激。這首詩對我的恭維謬讚太多，本不應該登出。但又卻之不恭，只好登出。請讀者欣賞英善兄的文辭之美及功力之厚，但不要相信詩讚之辭。

假如你想見英國女王／麥高

假如你想見女王，門衛罵你太猖狂。
女王哪能隨便見，彩券難得中頭獎。

萬一女王真見你，規矩繁雜又强梁。
第一不能吃大蒜，第二不可穿褲裝。

當然不能露三點，一提查理她心傷。（註一）
菲利親王搞外遇，定讚貞節好親王。（註二）

她先伸手你後伸，握手不要太緊張。
握時休想吃豆腐，她的手套厚如牆。

你我要進白金漢，排隊半天沒商量。
她的高齡已八九，步履蹣跚會晃盪。

近平主席曾探望，也沒看出新花樣。
女王頭腦尚清楚，幸賴皇糧來保養。

當年她是很漂亮，世界曾為她瘋狂。
假如現在見到她，美人遲暮定失望。

生老病死走一趟，富貴貧賤都一樣。
英人自稱日不落，現在窮得租皇房。（註三）

風騷過後是淒涼，縱然偽裝也淒涼。
各領風騷百把年，王侯富豪多白忙。
人都不願見閻王，祝妳榮華永無疆。
有人說妳是野種，不知妳有何感想？（註四）

您的小孫安德魯，正事不做下面忙。（註五）

惹得腥騷滿身黃，皇室醜事又一樁。

快快拿錢去打點，有錢有勢勿緊張。

只要慷慨一揮手，英鎊一捆誰不想！

註一：查理王子不成器，令她傷心，至今不願讓他接班。

註二：她的丈夫菲利普親王年輕時經常搞外遇，大家心照不宣，不對她講。據2014/12/24的媒體報導菲利普親王大概有30多位女友，並且有一大堆私生子。

註三：皇家太窮，只好出租部分皇宮賺錢。

註四：最近有人研究，女王的血統不正，她可能屬於是前任國王的外遇所生的系統。

註五：最近女王的第二個孫子安德魯（Prince Andrew, Duke of York）因強姦未成年少女事鬧得滿城風雨。聽說還牽扯到美國前總統克林萊頓。結果如何，且請聽下回分解。

註六：不要認為我寫得不太客氣。你有沒有想到，中國的麻煩都是英國人惹來的。如中國與印度的邊界問題，香港，八國聯軍，火燒圓明園，雅爾達密約等等災難，英國人都是主謀。

習近平的體重／麥高

大陸首領習近平，天天奔忙談國情。

昂藏身軀高又大，矮人之間稱英雄。

各國領袖多仰視，鶴立雞群顯威風。

站立電視身體挺，東亞病夫一掃空。

國人暱稱習大大，可見對民情誼重。（註一）

體胖證明中國富，饑民焉有其體型。

君子不重則不威，代表國力重量增。

有人說他稍臃腫，有人說他正適中。

近平同志重不重？大家心中自有秤。
滑頭之人不敢說，明眼之人看得清。

幸有九歲小兒童，上書近平減體重。（註二）
童言皆是真心話，國王新衣是光腚。（註三）
休要見怪小孩子，想來過重是實情。
奉勸近平要節食，山珍海味換蔬青。
更希近平多運動，健身房裡練武功。
練就武功氣蓋世，一拳打倒他武松。
功力直追俄普京，老奧定會吃一驚。（註四）
此是國人所苛求，能減五斤咱同情。

註一：大大：伯伯的意思。

註二：據媒體2014/12/17日報道，大陸河南鄭州有一個九歲兒童牛孜儒寫信給習近平，請他減體重。要他追上普京和奧巴馬。

註三：安徒生童話：從前有一位愚笨而又愛穿新衣的國王，一天到晚要宮裡裁縫替他做新衣服，以便他穿著到街上炫耀。有兩位騙子便騙國王說他們能製作全世界最漂亮的衣服。但他們整天遊手好閒，並沒有縫製，只是比手畫腳的好像在縫製。然後并詛稱這是隱形袍子，只有最聰明的人才看得到。做完以後，國王便穿上這件衣服到街上亮相。大街上的人民都誇讚他的袍子是多麼多麼的漂亮。最後只有一位小孩子說他沒穿衣服，才戳破真相。原來這位國王是光著屁股在大街上走了一趟。

註四：老奧，美國總統奧巴馬。

詠彭麗媛／麥高

近平夫人彭麗媛，美麗大方伴夫行。
經歷各種大場面，贏得世界好聲名。

歷任國母她最美，音樂界中受推崇。
天生美音可繞梁，高歌一曲孰爭鋒？

註：彭麗媛，山東鄆城人。1962/11/20生。是著名的女高音歌唱家。中國民族聲樂學派創始人之一。中國第一位民族聲樂碩士。
2015二月，網絡上選出中國現代20個最美麗的女人，彭麗媛名列第三。

文天祥（藏頭詩）／馬自勤（女）

留名旌表文山公，文韜武略付東風。
取決赴義抗元兵，天不佑我陷囹圄。
丹田存有正氣歌，祥光瑞氣貫日星。
照耀春秋寓褒貶，心堅志剛壯烈行。
青史冊上標名錄，汗然戰局竟垂成。

致美國老友／麥高

你是老美我老中，二人面貌各不同。
有幸相遇在新州，共同垂釣任雨風。（註）
惜我退休來台灣，路途遙遠各西東。
好在共享一太陽，打開姨妹亦相通。
憶昔夕陽灑晚霞，水靜魚躍波不興。
一葉扁舟誰與共？只有在下與老兄。

註：John Morahan是位中學教師，業餘嗜好是釣魚。我倆在湖邊相識。因嗜好相同，便約好每個週末一同去New Hampshire各個大湖釣魚。他開車拖著他的船，我出汽油錢。釣到魚二人分享。配合的很美好。

流亡有苦也有甜／崔紹周

當年故鄉起狼煙，背起行囊別家園。
鞋襪破了無人補，一件服裝穿到爛。
火車太擠坐車頂，不怕風雨不畏寒。
咬緊牙關往南奔，渡過長江到湖南。
師生暫住霞流市，餓著肚子遊衡山。
九死一生到澎湖，子弟學校把書唸。
飯少人多難吃飽，狼吞虎嚥第一碗。
吃著碗裡看著桶，要吃兩碗必搶先。
歲月無情催人老，昔日兒童白髮添。
身受苦難知打拼，成家立業耀門檻。
兒女各個知上進，思今撫昔心中甜。

註：崔紹周，畢生獻身教育工作。急公好義，待人熱誠。八十多歲仍然健步如飛，每天游泳快走，鍛鍊身體，風雨不輟。

憶兒時／屈鍾麟

年逾八十三，呆坐臉對天。
想想當年事，腦子全茫然。
既無三不朽，也未臭萬年。
還有什麼事，不能對人言。

出生逢亂世，繈褓逃匪難。
土匪據山區，擄掠事不斷。
俟後被剿滅，纔得返家園。

跟人去放牧，搶著把牛牽。
繩子脫手後，彎腰忙去撿。
黃牛搖搖頭，牛角撞鼻尖。
鮮血直直冒，雙手把鼻按。
回家不敢說，找話來遮掩。

無聊掀石頭，石下蝎子現。
心驚手一滑，指頭變石墊。
疼痛澈心骨，淚水流滿臉。
只好認倒霉，大氣不敢喘。

小河繞村前，清澈可作鑒。
跳下捉游魚，噗通水四濺。
急急忙爬起，魚兒全不見。
全身濕透透，哎呀怎麼辦。
快找僻靜處，脫光曬衣乾。
此是咱醜事，想起就紅臉。

註：屈鍾麟，陸軍中校退役，任台中師專教官。

弔梅穎妹／王士英

天昏地暗雨淒淒，普城熙攘如往昔。（註一）
墓園秋葉落滿地，雨敲帳篷聲淅瀝。

風吹殘葉石碑地，四方親朋好友集。
弔者垂手環穴立，淚珠欲落又噎抑。

八旬老母木然泣，形影單薄白髮稀。
阿姐忍淚面苦淒，不捨妳去牽妳衣。

墓穴狹小陰濕地，骨灰匣內怎容妳。
黃泉路上頻回首，嚎啕聲裡覆黃泥。

註一：普城：美國新澤西州普林斯頓城（普林斯頓大學所在地）
註：王士英，師大英語系畢業，普渡大學博士。任職新澤西州春田學院會計統計系系主任。喜歡旅遊，遊遍世界名山大川。其夫人為薛輿霞女士。請參看《哭阿珍》之註。

祝韓紅獲冠軍／麥高

韓紅韓紅妳真行，唱歌終拿第一名。
別人專攻屁股翹，妳卻表現全身膘。
不問腿長胸膛高，管它年齡老與少。
只要歌聲可繞梁，你的歌聲即稱王。

註：在湖南衛視《我是歌手》的比賽中，大陸歌唱老手韓紅獲得第一名。在所有參賽歌手中，韓紅的噸位驚人，資格也比較老，但選歌得宜，所以獲得冠軍。台灣的歌手A-Lin得第六名，聲勢驚人，也有超水準的演出，錢途無量前程似錦。

致嚴長秋先生（藏頭又接龍的詩）／九位男女好友

嚴府溫馨似春天，
長年累月忙花園。

秋有明月來相照，
慈輝永遠灑人寰。
印入人心永不變，
入門即感家溫暖。
心靈如受湖水洗，
湖水清澈自悠然。

註：此藏頭詩讀為“嚴長秋慈輝印入心湖”，此詩由下列好友完成，依次為：李明輝，陳建璋，鍾秀鸞，林秋華，李榮發，王秀珠，宋美慧，蔡櫻鑾，黃國倫等。
嚴長秋先生（嚴長壽先生之兄），為千秋事業公司總經理，台北市工業同業會理事，濟功德會榮譽董事（為慈善團體）。嚴以律己，寬以待人。為人慷慨善施，交游廣闊。因同住一社區成為近鄰，結為好友。嚴先生是身體力行的素食主義者。親自在院中種菜，多與四鄰分享。因為我們家離他家最近，所以吃他家的菜最多。

謝謝諸位老友慰問及救助／嚴長秋

天有不測風雲，人有旦夕禍福。
皆因台階濕滑，也是自己疏忽。
竟然跌倒階下，幸蒙謬王救助。（註一）
及時送去昆山，得到良好看護。
台北九友齊來，老妻飛來救夫。
天佑我等良民，只是腿骨脫臼。
暫坐輪椅復健，一切定快康復。
醫生天天按摩，董王妙語解苦。（註二）
各位悉心照料，長秋銘感肺腑。
謝謝各位好友，有您是我幸福。

註一：謬王：謬偉忠先生及王衍豐夫人。
註二：董王：董自儉先生及王衍豐先生每天來聊天解悶。

憶江濤／詹相芳（女）

聰明宋江濤，白面一書生。
外號及時雨，宋江是戲稱。
少年頗得志，地方很有名。
翩翩一青年，得以委終生。
言談驚四座，胸有百萬兵。
隨校入越南，被關集中營。
冒死爬鐵網，突圍求救兵。
求助會僑領，僑領頗熱誠。
向台發情報，迅接教部令。
師生續弦歌，豫衡不編兵。（註一）
留越三年多，師生頗有成。
隨軍轉回台，有幸到實中。
高工教數學，幸識昭奎兄。
焉知五年後，重逢基女中。
基隆女高中，多我實中英。
宋楊二師在，相處樂融融。
二師隔壁鄰，日夕相照應。
夫妻甚恩愛，家在幸福中。
教子亦有方，子女皆有成。（註二）
痛君早仙逝，未享福壽齡。
憶昔甜蜜日，悲傷自由衷。
形影感孤單，天人難再逢。
晨昏細雨夜，願君常入夢。

註一：豫衡係指豫衡聯合中學。員林實中雖大多數由山東流亡學生組成，但學生籍貫複雜。實中自詡學生來自全國三十六行省，其他中學無法望其項背。豫衡聯中是由越南回國的河南流亡學生組成。

註二：我們的三個孩子皆在國外獲得高學位，學有專長。
註三：詹相芳河南人為宋江濤老師夫人，曾任國立基隆女中教師兼夜補校主任。

梅穎別矣／王士英

何不撒手讓它去，病魔十年苦纏妳。
枯瘦如柴燈將熄，澈骨疼痛誰能替。
生離死別終難已，冥冥蒼天憐惜妳。
天父懷裡永安息，天父懷裡永安息。

註：1995年10月21日。林梅穎年輕美麗，多才多藝，可惜天不假年。參加梅穎葬禮歸來難眠，深夜作此詩。

羊年讀恩師 楊昭奎六集《天堂鳥》散文詩感懷

喜“羊羊”／楊大榮（女）

恩師文集《天堂鳥》，真情熱愛放光芒。
照亮世間灰暗處，撼動人心趨善良。
相信該詩流傳久，必將人間變天堂。
老師姓楊我本家，我為老師感榮光。
忝列楊群喜洋洋，您是我家領頭羊。
希望老師保健康，我們楊家永興旺。

註一：近日收到楊老師《天堂鳥》第六集，急急讀完，非常感動。老師以九十高齡，能完成厚厚的六大本《天堂鳥》，對老師的精力與恆心非常敬佩。
註二：楊大榮，山東嶧縣人。員林實中畢業，終生從事教育工作，是出名的歌唱家，為當地歌詠團的首席女高音。大榮的丈夫即陸軍官校文史系系主任謝秀文教授。

從前當兵苦／楊學孜

耳順古稀年，回味憶從前。
翻開老舊賬，舊話沒有完。
提起澎湖事，人人都興歎。
老牌四十軍，敗軍來台灣。
流亡苦學生，成了好本錢。
編為教導隊，美名把俺騙。
編成一一六，成為鐵幕團。
編到迫炮連，真是苦難言。
此連聲譽壞，眼淚流不完。
連長是壞蛋，比匪還兇殘。
處罰是常事，壞處說不完。
對兵苛又嚴，不斷找麻煩。
只要他訓話，廢話講連篇。
我等下邊站，腿疼腰又酸。
周身流大汗，又有誰可憐。
排長似虎狼，一付壞心肝。
人味無半點，喪心如狂犬。
吹毛又求疵，分秒找麻煩。
步法走不好，操場轉不完。
白天操課苦，最怕是晚點。
連長訓完話，輪到指導員。
都是賣膏藥，聽的實在煩。
副座又上場，最後執星官。
班長如再講，名曰過五關。

不到十二點，休想喊解散。
班長更是壞，文字形容難。

一生是文盲，到處稱强梁。
偷雞又摸狗，鑽洞帶爬墻。
家鄉呆不住，只好把兵當。
最恨學生兵，因他是文盲。

註：當時流亡學生在澎湖被強迫編兵，編成116團。因學生不願當兵，經常表示不滿。團長便下令嚴加管教。所以幹部對學生非常虐待。文中所述都是事實。

第六單元　動物

小蟬來獻唱／戴之甫（女）

小蟬九樓來，紗窗當戲台。
一曲女高音，教人樂開懷。
獨唱三分鐘，未辭即離開。
展翅入綠林，野闊任徘迴。

澳洲無尾熊／戴之甫（女）

澳洲無尾熊，性懶不愛行。
只因世人愛，難得有安寧。
吃飽愛睡覺，雙目不想睜。
模樣很可愛，兒童最歡迎。

紅番鴨／麥高

紅番鴨，紅番鴨；一要抓它叫呱呱。
老劉最喜吃鴨肉，鴨命難逃一刀殺。

註：劉老先生最喜歡吃紅番鴨，家中的院子很大，養了很多紅番鴨，吃時隨時抓來殺一隻。

養狗有道／麥高

養狗要有養狗道，不要淪為吝嗇佬。
狗到老年毛病多，要花大錢來治療。（註一）
小狗幼時很好玩，休要忘記牠會老。
狗到老了百病生，四肢癱瘓光睡覺。
殘忍狗主太殘忍，經常一丟就跑掉。
養狗應像美國人，多數照料直到老。
有人養狗很盡孝，狗死哭聲比天高。
老狗伴你度終生，值得厚葬盡孝道。（註二）

註一：報載有人花70萬台幣為狗治病。令貧窮老人非常羨慕。你如不願花70萬新台幣，最好不要養狗。

註二：美國有很多城市設有狗墳場，供人民使用。裡面碑牌林立，猶如人的墓地。可惜台灣及大陸皆無狗墳場，缺少愛屋及烏的精神。
我住美國新罕布夏州時，知道他們設有流浪狗收容所（Dog pound）此處之pound指待領所，供市民認領或領養。因為該州是個窮州，一個月後如無人領養，便處以極刑，讓它們安樂死。其實安樂死不是壞事，因為狗到老年實在活的很痛苦。
另外，父母要堅持拒絕孩子的要求，不要隨便答應養動物。因為小孩子僅有五分鐘的熱度，三天以後熱度消失，侍候動物便完全成了父母的責任。養動物的人不知道，他們家中充滿動物的臭味道。

火雞／麥高

火雞活得很快活，喝水吃米叫咯咯。
有個節氣快來到，千萬不能對牠說。

美國有個感恩節，這天火雞都下鍋。
只有一隻最幸運，美國總統必特赦。

註：美國的感恩節（10月31日）是美國獨有的節氣。它就像中國的八月十五，是全家團圓慶祝豐收的日子。這一天他們吃的主要一道菜是烤火雞，所以美國的火雞大概有三分之一在這一天被吃掉。按慣例，美國的火雞農都會送一隻大火雞到白宮，孝敬總統。總統為了表示仁人愛物，便把這隻火雞在一大群新聞記者面前放生。（不過他這天的晚飯仍然吃烤火雞）

錦鯉／麥高

我家錦鯉很好玩，人到池前圍人轉。
客人以為來歡迎，實際牠們想吃飯。

一日三餐仍不飽，看到人來隨著跑。
寵物都會拍馬屁，見人就把尾巴搖。

錦鯉顏色很鮮艷，絕對百看都不厭。
可惜好魚都太貴，一條就賣好幾萬。
只好買些小不點，幻想它變魚中冠。
錦鯉錦鯉快快長，長到千斤就值錢！
吃我魚食無數斗，不可白吃不想還。

鯉魚留洋不快樂／麥高

中國鯉魚休留洋，一旦留洋就遭殃。

洋人不喜吃鯉魚，恨之入骨都殺光。

註：中國人，尤其是有錢的中國人，到外國後大多數都很快樂。中國鯉魚卻是例外。美國人和歐洲人不吃鯉魚，而鯉魚繁殖很快，破壞了他們河流湖泊的生態平衡，所以美國和德國正在大肆捕殺。

洋人不吃鯉魚的原因是鯉魚肉粗，而又有土腥味。他們捕殺的原因是鯉魚繁殖很快，而又喜歡吃湖底的水草，吃光水草其他魚類便無法生存。另外，鯉魚是bottom feeder（在湖底吃食物的魚）污染物都沉澱到水底，所以鯉魚很可能受到污染。

我在美國時也不喜歡釣鯉魚，但釣到後會放回湖中。很多洋人釣到後便放到地上任其死亡。

英文有句成語是One man's meat may be another's poison.（一個人的肉可能是另外一個人的毒。）正可解釋此事。

台中公園夜鷺多／麥高

孤獨夜鷺沒有家，流落公園似呆瓜。

一動不動僧入定，又像殘荷已落花。

深沉之人計謀深，切勿小看夜鷺牠。

誰知伸頭如閃電，提來蚯蚓當飲茶。

註：在其他地方沒見過，在台中各地的公園經常看到，牠們在傍晚出現。多數佇立在公園小徑旁的草地上，不大怕人。假如你有耐心，看上一兩小時牠都不動。其實牠是在等候昆蟲，蚯蚓或小魚出現。

我家樑上有雙燕／麥高

我家樑上有雙燕，牠們絕非同性戀。
年年來到我家中，生兒育女不嫌煩。
窗露晨曦即叫喚，唯恐巢中兒饑寒。
感謝雙燕來報時，家父開門掃庭院。
呢喃雙燕即飛去，轉瞬啣食又歸還。
巢中幼兒日夜長，旋即隨母飛上天。
一朝秋風送秋寒，不告而別燕南還。
眼望空巢心悵然，只好期盼到明年。

註：小時住在山東泗水縣鄉下，每年春天都有一對燕子來我家屋樑上抱窩（生小燕子），天一亮他們就呢喃開唱，把父親吵醒來替他們開門。好在父親習慣早起，便開始工作。

我愛貓頭鷹／麥高

我愛貓頭鷹，像貓又像鷹。
白天藏樹林，晚來如輕風。
深夜咕咕叫，你是嚇人精。
專抓小老鼠，為民立大功。

麻雀／麥高

麻雀雖小，五臟俱全。
聲音不美，卻會叫喚。

嘰嘰喳喳，充滿庭院。
揮之不去，因害人寰。
其肉不多，有人喜歡。
抓來燒吃，聽說壯男。
繁殖力快，處處可見。
美國很多，中國亦然。

五穀歉收，麻雀禍源。
澤東生氣，發動雀戰。（註）
誰能不聽，個個爭先。
敲鑼打鼓，喊聲震天。
麻雀遭難，尸體片片。
此一政績，世所罕見。

卅年以後，情形大變。
澤東去世，麻雀重現。
自自在在，又滿庭前。
人間大事，經常循環。
各領風騷，誰知幾年。

麻雀麻雀，勿忘此難。
多吃害蟲，少去麥田。
知所進退，不遭人嫌。
人鳥共存，各隨所願。

註：1957年3月20日，毛澤東發動消滅麻雀運動，也叫打麻雀運動。據說，三天之內就消滅了1500萬個麻雀。搗毀巢穴八萬個。掏走麻雀蛋35萬個。盛況空前。我在電視上看到他們把死麻雀一車一車向城外拉。

松鼠／麥高

松鼠一生就一窩，我家後院有很多。
身輕如燕爬樹尖，飛簷走壁是絕活。
黑白棕灰色彩多，築巢樹頂或樹穴。（註一）
經常認他為朋友，他卻嘴饞把情絕。
每年偷吃我板栗，棍棒相趕牠逃脫。（註二）
老夫轉頭牠又回，氣得老夫直跺腳。
人獸相處應和平，豈可欺負老夫拙。
萬般無奈養條狗，狗趕松鼠我心樂。
從此老夫可高枕，松鼠開始到處躲。

註一：松鼠一般是棕色，我在加拿大卻看到過黑，白兩種松鼠，極為稀少見（我在加國讀Dalhousie University戴豪瑟大學時，曾經在加國住過半年）。

註二：我住美國時，院中種了兩棵栗子樹，每年栗子成熟裂口時，松鼠便來偷吃。令人趕不勝趕。雖然它逃得無影無蹤，但我一轉身牠們立刻又回來。
美國本來也有栗子樹，但因很多年前感染一種火燒病，樹皮像火燒的一樣全部死去，現在美國栗子都是中國種。

牛有牛脾氣／麥高

老牛看似沒主意，其實它有牛脾氣。
氣恨主人賣他走，主人牽他他搖頭。

忽發脾氣如發瘋，一頭抵死主人翁。
警察連發二五槍，人去牛死兩亡命。

註：大陸遼寧丹東有位農人把一頭牛養了八年，最後決定把牠賣掉。結果這頭重達700公斤的老牛不願被賣掉，一頭把主人抵死。警察為了救人連開25槍才把牛打死。但牛主人已因傷重不治而死亡。

由吃狗肉說起／麥高

勸君莫打落水狗，勸君休吃黑狗肉。（註）
狗肉並非不能吃，只是狗是洋人友。

牛為農人耕地苦，牛為人類擠牛乳。
洋人卻喜吃牛肉，厚此薄彼啥理由？

不要事事皆崇洋，自己要有硬脊梁。
東施效顰惹恥笑，亞人崇洋是從盲。

註：狗肉也有貴賤之分。專家的評定是：一黑，二黃，三花，四白。黑狗肉是上選。

殖民猶如養條狗／麥高

殖民猶如養條狗，牠要跟著主人走。
牠是主人小跟班，敵人來了牠下口。
平時牠會很享受，可能吃到兔罐頭。
兔死狗烹是真話，荒年誰不吃狗肉。

第七單元　政治

（文中每個英文字母代表一個中文字，非常容易讀通。讀不通是你自己的事，不要惹我生氣。只有最後的ABC例外，它是指做人的基本原則或道理）

異軍突起咱柯P／麥高

平民當選不容E，新任市長叫柯P。
幽默直爽笑CC，一嘴一鼻單眼P。
上任辦事星火G，手下經常翻眼P。
發言多為上TV，太多TV會洩D。
你的改革太GG，氣得秘書哭TT。
部下不能把錢A，更不可以亂扯P。
是誰秀出你字G？抓出此人定槍B。
你的笑容很可i，笑時何必常摀B。
芝麻小官30K，甚少拿到3個C。（註）
強迫頭目聽手G，滿肚怨言不敢T。
市民皆喜你柯P，為官不能多樹D。
殖民文化是敗B，言多必失應牢G。
嚇唬下屬沒理U，何不輕鬆對自J。
閒來無事把歌K，千萬不要玩4P。
謹守做人ABC，將來定有大出C。

註：C：美國口語：1000元美金。

無人能勝咱柯P／麥高

休想談判勝柯P，他會澤東新戰術。
每會遲到三小時，害你等得好辛苦。
肚子餓得咕嚕叫，小便甚急用手摀。
此情此景談啥判，只好投降快趕路。

註：柯P有一次開會時故意遲到，來考驗對方。他說這個戰術是跟毛澤東學的。

名嘴治國／麥高

台灣名嘴一大堆，些許本領更會吹。
如今名嘴來治國，竊國竟靠一張嘴。

斯文掃地今為甚，直叫名嘴嚼舌根。
漫罵一次五千元，高過妓女一夜金。（註一）

有人欠債罵債主，生來家貧怨父母。
一切都是別人錯，小心腦袋生瘤毒。

名嘴臉皮城墻厚，炮彈絕對打不透。
頭上三尺有神靈，始作俑者其無後。

註一：當年名嘴每次上台的薪水是五千元，但為了投機取巧逃稅，有人僅領4999元。

註二：最近法官已判定馬英九沒有貪污，但電視名嘴仍然不斷罵他貪污，難道名嘴可以超越上帝與法律？

砸砸他家又算啥／麥高

流氓多人來打砸，砸得飯館嘩啦啦。
陽花砸了立法院，砸砸餐館又算啥？

可恨國道收費員，圍攻毛家大門前。（註一）
太陽花攻立法院，攻擊毛家誰不敢？

小賊來偷香油錢，人們大罵不要臉。
有人偷吃淇淇餅，偷香油錢何必管。（註二）

台灣社會很混亂，男盜女娼經常見。
太陽花內有援交，女娼又有啥稀罕？（註三）

註一：行政院長毛治國的家。

註二：在太陽花造反的時候，有人偷吃了行政院副秘書長蕭家琪的太陽餅，至今未查出禍首。

註三：太陽花女首領之一，據說有援交行為。

註三：我不知道有沒有人做統計，我認為自太陽花做亂以後，台灣的災難就多起來了。如群鬥殺警，弒父殺母，搶劫偷竊，犯上作亂等等，不一而足。

女總統／楊月明（女）

廿一世紀不大同，台灣要出女總統。
牝雞司晨果如何，希她勇敢像武松。

註：楊月明，台北知名畫家，任教農會教授國畫。

《陽明山的落日》是老友孫英善兄今年（2015）出版的一本新書。這也是他的第五本著作。孫英善名滿台灣及美國。因為無論他在美國讀書及工作期間，都熱心參加華僑界的各種活動。他歷任美國工商企業會計長、財務副總、社區大學講師。南加州台大校友會創會委員、會長；南加州國建會聯誼會創會會長；美西華人學會會長、理事長；國府僑務委員、國民大會代表、國民大會主席團主席；現任中國國民黨中央評議委員。他另外的四本著作是《家事國事天下事》、《海外論政》、《四十年家國》、《金婚選集》。

讀英善的書，你就深深體會到，在每本書中，他都表現了愛家，愛民，愛國的情操。你想不到他在那麼忙碌的生活中，竟然寫了那麼多作品及散見各報的文章。

這本《陽明山的落日》有八個單元。第一個單元就是“陽明山的落日”是英善兄寫他擔任國民大會代表時的經歷，從開始到結束。作者曝露了很多一般人不知道政治秘辛。落日代表一個朝代的結束和另一個朝代的開始。令我們這一代1949年來台的人們感到十分淒涼。其他單元也寫得感情豐富，行文流暢。（該書由美國洛杉磯世界日報發行）

讀《陽明山的落日》／麥高

陽明山上已日落，民黨面具已戳破。
九二共識日益遠，一國兩制無著落。
族群鬥爭日日急，未來日子不好過。
歷經戰亂盼和平，誰料政客亂攪和。

我等半生住台灣，留學美國暫落腳。
總感此生是過客，夢中常回舊庭榭。
國家歷史可證明，久分之後必有合。
但願兩岸有共識，彼此不會動干戈。

彷徨此生近黃昏，最恨埋身在異國。
來日北定中原時，九泉瞑目得安樂。

草民心聲／麥高

台灣自認很平靜，實際暗潮很洶湧。
族群黨派陷惡鬥，多拿民主打秋風。
每人擺出假面孔，製造對立害人精。
兩黨人物都明白，言不由衷來糊弄。

競選口號為人民，拿到官位貪污多。
阿扁就是好榜樣，大陸貪官一夥夥。
學生高喊要愛國，為何要把兵役躲？
有人想抱美國腿，有人喜聞日本腳。
有人想當大總統，左右搖擺很會說。
漢奸思想很流行，有人計劃想賣國。

各位大官你聽清：官家好酒任你喝。
好官官位任你做，百姓卻要好生活！
國家存亡你有責，拋頭流血你去做!
敢做敢當是偉人，縮頭烏龜萬人唾。

老夫今年八十多，彼岸來了奈我何？
（日出而做日入而息，帝力於我何有哉？）
不是老夫小看兵，槍聲一響打哆嗦
雞蛋焉能擋巨石，飛彈要看誰的多！
外國銀行存錢多，一聽槍響你逃脫。
你的主意打的好，休怨老夫先戳破。
萬一台陸都消滅，地球不再有你我。
屆時誰人最高興？或許倭寇與美國。
亡國滅種天不容，你們政客敢惹禍!?
咱們本是同根生，休做三桂來賣國。
假如你敢來賣國，民有千刀把你剁！

註：我認為台灣和大陸的矛盾可以和平解決。當然台灣可以反攻大陸，再從頭收拾舊山河。大陸也可以收復台灣，分久必合。但最好是談和。談和可能是最好的結局。但不要擦槍走火。任何一方不可借用外力，消滅對方。在歷史的長河中，你我這一代，也不過是一眨眼的瞬間。如果兩敗俱傷，中華民族便永遠從來地球消失。不要忘記，下次大戰如有外力介入，一定是毀滅地球原子戰爭，你我殘存的機會不多。

民主政治已死／麥高

民主政治已死亡，英相說得眞恰當。（註）
紅衛兵與太陽花，正是人間好榜樣。
“造反有理”徹空響，瘋狂隊伍誰人擋。
如果陽花年年來，台灣將變土匪邦。

註：英國首相布萊爾在2014/12/6日說，民主政治已死亡。假如暴民可以攻打政府機關，這是民主政治嗎？開會就霸佔主席臺和麥克風，這是誰家的民主？

詠歎／謝宗祿

板蕩中原疾苦嚐，少年漂泊老他鄉。
蒿目時艱悲往事，菁英同儕聚一堂。
國共內戰鬩于牆，江山金馬定存亡。（註一）
臺澎基地海屏障，孤島偏安少希望。

註一：鬩于牆：兄弟相爭。

秀蓮絕食救阿扁／麥高

秀蓮老姐日子閑，政界早失其光環。
為上媒介露露臉，大喊絕食救阿扁。
阿扁該救不該救，世間自然有公斷。
羸弱老姐去絕食，性命比扁更危險。
乍看起來才十三，實際已過七十三。
算定有人會救妳，不愧老謀深打算。
縱然不顧自家命，也應看看淑珍臉。
自做多情去絕食，可能會打醋瓶翻。
假如身體太肥胖，絕食倒是好鍛鍊。
絕食昏倒灌米湯，好像個個都生還。（註一）
坐牢之人何其多，最少也有好幾萬。
何不天天去絕食，可使囚犯都心歡。
更可藉此來減肥，腰圍可減九寸半。
監獄自狀六人士，表明阿扁應蹲監。
保外就醫世界無，只在台灣亂人間。（註二）

清夜捫心來自問，妳心是否有愧慚？
“宮中怨婦”已留名，人人皆知道妳秀蓮。
該退休時就退休，何必天天搶露臉？

註一：電視上說，絕食昏倒的人只要灌米湯就會活過來
註二：世界上保外就醫制度只有台灣有，貪官污吏便可借此蒙混小老百姓。

太陽花與紅衛兵／麥高

太陽花開嘩啦啦，紅衛兵來殺殺殺。
“造反有理”響徹空，橫行天下誰不怕。（註）

文革殺人難計算，陽花攻佔立法院。
無人能夠擋其鋒，咱們小民心膽寒。

最為高興毛澤東，政客乘機打秋風。
可憐當年紅衛兵，個個後悔被利用。

利用少年非好漢，此為老毛大污點。
黑心政客應牢記，報應只在早與晚。
萬一年年開陽花，保證國家快完蛋。
太陽花呀太陽花，這個花名遭污染！

註：毛澤東根據馬克思理論，創造了“造反有理，革命無罪”口號，當年無知青少年便喊著這句口號發動了瘋狂的文化大革命，殺人及破壞難計。
可能是太陽花衝開了閘門，台灣近來社會上的暴亂事件好像特別多。不知道你有沒有這種感覺。希望媒體統計一次。

貪污哲學／麥高

不貪白不貪，貪了會坐監。
出監很容易，裝病可全免。

官商勾結／麥高

凡官必貪，凡商必奸。（註）
官商合作，又奸又貪。
他們合作，百姓遭難。
如此國家，豈能長遠？

註：這是電視名嘴的題目。實際上台灣有很多好官好商人。至於貪官，民進黨和國民黨的人物同樣多。

總統與黨魁／麥高

聞道馬英九，民調糟到頭。
總統不過癮，又來當黨首。
天既無二日，人卻長雙手。（註一）
只要能抓權，何患沒理由？
九合一大敗，敗得屁水流。（註二）
暗地真痛心，淚水滿枕頭。
樹倒猢猻散，誰是你朋友？

走投已無路，臭名留千秋。

自己無前途，國黨亦堪憂。

註一：馬英九總統競選黨主席的說辭是：國民黨內應是天無二日。

註二：台灣2014年11月29日舉行首次九合一地方公職人員選舉。包括直轄市長，縣市長，直轄市議員，縣市議員，鄉鎮市長，鄉鎮市民代表，村里長，直轄市山地原住民區民代表，區長等九項。

有人說民進黨是明獨，馬英九是暗獨。可能有點道理。大陸有裸官這一名詞。它的意思是把兒女家人及錢財放到國外的大官。一有危險便馬上逃跑。

另外，政府給外國簽密約，老百姓有沒有權利知道？假如因密約而致亡國滅種，我們真的死的糊里糊塗。無怪年輕人都不願當兵，良有以也。請上帝多多保佑！

中央黨校要加油／麥高

中央黨校要加油，你不加油使人愁。（註）

貪污枉法到處見，多少官員出你手？

學校不是串聯地，仁義道德要為首。

多多加强清廉課，肅清貪官國有救。

註：中國共產黨集訓黨員的高等學校。多數中共高官都從此校畢業。習近平要從嚴治黨，應該從黨校開始。只有德高望重的人士才能任該校校長，更要多設公正清廉課。

寧遇閻王，莫遇老王／佚名

“寧遇閻王，莫遇老王

寧挨一槍，莫遇老張”（註一）

今日老王，勝昔老王。

老涂老周，接連遭殃。（註二）

貪官污吏，聞風緊張。

民間稱快，欣喜若狂。

蒼蠅老虎，勿縱勿枉。

殺盡貪官，民富國强。

註一：這四句打油詩出現在清朝乾隆年間。它是指當時兩位威震武林的高手。一是河朔鏢客王維揚，一是武當劍客張召重。民間宵小聞風喪膽。
後四句是筆者所寫，用來描寫王岐山。王岐山是大陸中央政治局常委，中紀委書記。大陸的反腐運動由他來主持，正進行的如火如荼。大陸貪官頭目徐才厚，周永康等等已為階下囚，將來定會判重罪。令人振奮。值得喝彩。

註二：徐才厚：中共上將，前軍委會副主席。因貪污腐化被雙規，在審判前病死。
周永康：大陸正在追打貪污官員，稱為抓虎，在民間周永康被稱為虎王。控制大陸的石油系統三十多年，貪污無數。現在已判無期徒刑，沒收個人財產。

台灣的政經風暴／謝宗祿

看了這些年，社會很紛亂。

族群不和諧，事事有爭端。

九二無共識，政客不要臉。

人無安全感，不時有災難。

高雄有氣爆，連環爆食安。

餿水油污染，米糠氯害殘。

追查禍根源，頂新罪領先。

添加氰毒奶，塑化劑傷肝。

飲食亮紅燈，恐懼吃三餐。
奸商應重罰，嚴懲怠職官。
馬總沒才幹，用人經常換。
人人有批判，天天有埋怨。
名聲光環失，雞狗都不滿。
九合一選舉，國黨交白卷。
政治拚搏戰，馬總似崩盤。
趕快求改革，希望有明天。

註：馬英九總統的第二任民調聲望一直落，最低好像只有9%，所以連累了國民黨的選舉。

極端分子／麥高

極端分子很極端，美國非常不喜歡。
竟然敢殺美國人，老美怎容你挑戰。
派了飛機丟炸彈，炸得滿城冒黑煙。
黑煙散後有屍體，橫七豎八一大片。
你說屍體皆敵人，他說全為倒霉漢。
公說婆說皆有理，到底誰人說了算？

老美炸得很自滿，其實心中很為難。
一趟轟炸上千萬，炸的都是美國錢。（註）
這種戰爭打多久？希望能延千把年。
我等冷眼旁觀者，難斷何人是傻蛋？
可能傻蛋對傻蛋，傻蛋一傻就永遠。

坐山來看二虎鬥，人生難得如此閑。
希望我們不參戰，尸體片片不是咱。

註：據2015/3/20日新聞報道，從去年八月起，美國為了轟炸伊斯蘭國，已花掉18.3億美金，合567億台幣。現在仍然在花。

老美的算計／麥高

老美圍陸頻挑戰，其實心中有打算。
把你包圍好幾圈，看你敢不敢開戰。
美國欠陸四萬億，滅消中國不必還。
大家心裡都明白，休把別人當傻蛋。

罷免蔡正元／麥高

高喊罷免法改變，完全是群糊塗蛋。
當年藍綠共立法，怎會讓你能罷免。
如果輕易被罷免，豈不自己找麻煩。
人不為己天來誅，誰願自己丟飯碗？

註：2005/2/14日是投票罷免國民黨立法委員蔡正元的日子。結果投票率僅為24%，可說是民進黨的一次敗仗。而且浪費國家1000萬元。柯P及賴清德揚言要修改罷免法，只不過是喊喊口號而已。大家都知道選舉及罷免法都要立法院通過才行。立法委員誰會自求滅亡，讓小老百姓輕易把立法委員罷免掉。

媒體報道，台南某某廟抽籤抽出卦首〈武則天坐天〉，消息傳出以後許多綠營信徒認為台灣將要變天，蔡英文會當選下屆總統。特寫打油詩解說。

武則天坐天／麥高

抽籤抽出武則天，好似台灣天要變。

變與不變咱不管，誰人喜歡武則天？

註：民進黨一看此籤大喜，自認為蔡英文要當選總統。後來經人細讀，發現這是一個下下籤，每一句都是壞預言。民進黨竟然是空歡喜一場。現把南鯤鯓代天府抽出來的國運原籤寫在下面，請你自己解讀：

武則天坐天（籤詩原文）

病中若得苦心勞，到底完全總未遭。

去後不須回頭看，心中事務盡消磨。

註一：依我的意見，把消磨寫成磨消才押韻，才是好詩。無論在舊體詩或打油詩中，為了押韻，兩個字的成語可以調換。

註二：籤詩很像打油詩，不太正規。有時令人莫測高深。像打油詩一樣，命簽用了很多俚俗語及當地土話。

蔡英文與貓／麥高

英文小姐很孤單，懷抱老貓來取暖。（註）

某種動物更暖和，何不想法換一換？

妳抱老貓很心歡，猶如慈禧返人間

懷抱她的哈巴狗，陶醉忘我如神仙。

註：在電視上看到蔡小姐懷抱老貓的照片。她笑得非常燦爛。

勞乃成應記三大功／麥高

勞苦功高勞乃成，你暴真相稱英雄。
假如我是大總統，一定記你三大功。
我們愚昧老百姓，誰知機場美國用。（註一）
自古猴爪先遭殃，我軍要為誰衝鋒？（註二）
假如美中火拼死，台灣前途先葬送。
如果乃成不挑明，我等糊塗去送終。
意外洩露壞條約，我等死去肚中明。
喪權辱國條約多，歷代皇帝多昏庸。

註一：我仍然不知道機場是賣給，租給或白送給美國人用的。
註二：中美交戰，台灣首當其衝。縱然美國把中共消滅，台灣會剩下來嗎？
註三：我可能是孤陋寡聞，在勞乃成事件之前我還不知道美國在台灣有那麼多權利，更不知道有阿帕奇這個玩藝。他告訴我們影響我們命運的秘密，所以我認為勞乃成應該記三大功。阿帕奇是個很神奇的東西，大家都想看看，何不賣票對大眾開放，以便增加國家收入。

老美老美你真酷／麥高

老美老美你真酷，我們變窮你變富。
你在世界搞分裂，越戰韓戰誰不服？
你是最大變形蟲，只求利己餘不顧。
睡中總聽錢叮噹，只要能撈立刻去。
台灣是你看門狗，敵人來了我下口。
當狗應有免費餐，咱卻自己買骨頭。（註一）
世界警察你為首，只會轟炸不出手。

各領風騷三百年，輪到主人來當狗。
記否當年自然案，殺人老美卻自由。（註二）

註一：買骨頭指軍購。李傲認為台灣是美國的看門狗。看門狗不應該自己買骨頭，美國應該免費供應軍購。假如不買軍購，我們小老百姓可分到多少台幣？

註二：當年美國人殺死了咱們台灣人劉自然，美國律師卻判美國人無罪。見網絡1957劉自然事件。

小辣椒與空心菜／麥高

男人慣會胡亂搞，當了總統不上道。
現任總統娘娘腔，前任總統入監牢。
還有一個會賣國，堅稱釣台日本島。
台灣地位日日落，經濟僅能吃得飽。
只會貪圖小確幸，薪水年年被陸超。
有人願當看門狗，有人拉日來撐腰。（註一）
為國為民大謊言，其實自己想撈撈。
如要撈個官位做，打倒對手才分到。
鬥來鬥去這些年，台灣前途快報銷。

既然男人不成料，輪到女人動槍刀。
一女被叫空心菜，一女綽號小辣椒。
兩人都是獨行俠，不靠男人皆吃飽。
英文小姐是富豪，面孔圓潤喜歡貓。
秀柱小姐身材小，真正小如小辣椒。
女人大戰將上演，有聲有色有得瞧。
不是辣椒炒空心，就是空心炒辣椒。

保證選舉結束日，女人總統將來到。
競選全憑眞本領，休要空口來耍刁。
你我將要寫歷史，希望大家愼投票。

女人要來當總統，老朽先來醜表功：
恭喜恭喜女總統！妳是中國第一總！
小心宦官與太監，遠離面首張昌宗。
假如您的表現好，願您代代做總統。

人到老年病不少，看病不必日本跑。（註二）
玉體橫陳私密事，休讓日人亂拍敲。
退休以後很無聊，無子無孫膝前繞。
何不多寫打油詩，來與乾隆共比高。（註三）
元璋澤東也會寫，文武雙全世難找。
妳搞政治是高手，文才是否有兩招？

註一：李敖說過，台灣是美國的看門狗。
註二：李登輝的錢多命貴，看心臟病捨台大醫院不用，而要到日本去看。
註三：請讀乾隆的《翁仲》及朱元璋的《殺盡江南百萬兵》毛澤東寫的打油詩更多。以妳們二人過去的文筆表現判斷，將來絕對比不上他。

白髮／麥高

白髮生來很惱人，拔掉一根生兩根。
世人尊你銀髮族，可恨銀髮非白銀。

第八單元　運動

新興運動學狗爬／麥高

新興運動學狗爬，四肢著地屁股大。

穿裙女士要小心，一爬一擺曝光啦。

註：有人在電視上推行學野獸爬運動，據說對保健防老大有裨益。諸君不妨一試。練好以後，遛狗時就有同伴了。

運動保健康／崔紹周

老漢現年八十三，每日操場走十圈。

偶遇颱風或下雨，市內打段太極拳。

每週定時去游泳，老友聚會摸八圈。

勸君平時多運動，定能安康享晚年。

吃麵大胃王／張令怡（女）

世間比賽多花樣，陝西賽出大胃王。

比賽限制十分鐘，只聽吃聲呼呼響，

還有碗筷響叮噹，一人吃速快如狼。

116碗破紀錄，結果獲得大胃王。

大胃之王很風光，可惜必須洗胃腸。

一場喜事變壞事，後悔當初上了當。

註：世界上有很多比賽，如吃香腸比賽，吃西瓜比賽等等。我認為政府應該禁止。至少主辦單位要賠償醫藥費或埋葬費。

2015/1/30日美國費城也舉辦了一場吃雞翅比賽，冠軍在20分內吃了444個雞翅，吃過後胃部也難過很久，結果嘔吐一大片。想想看，假如你胃中忽然塞進444個雞翅是何等感覺。

冰桶挑戰／麥高

冰桶挑戰浪好玩，玩時一定要捐錢。
此錢為救漸凍人，休當玩耍充好漢。
美國善人身體健，首用冰水從頭灌。（註一）
東施效顰傳中國，人云亦云拿來練。
首先你要顧身體，貴體有病休發賤。
冷水灌頂會要命，心臟病發就完蛋。
善舉轉眼成喪事，此事不可鬧著玩。
假如要我來翻譯，“冰水灌頂”最美滿。（註二）

註一：此善舉首先由美國有錢人發起。

註二：引用中國成語“醍醐灌頂”佛家語，比喻聽了高明的意見，讓人頭腦降溫，澈底覺悟。

註三：大陸知名人士陳光標昨天（2015/3/20）承認冰桶挑戰是騙人的。他的冰桶下面是50度的溫水。世界上只有陳光標是聰明人，其他冰桶挑戰的人都是笨蛋（也許都是聰明人，用的都是溫水，只有看的人是笨蛋）

（2014/9/21新聞報導，在韓國亞運期間，避孕套成了搶手貨，日均消耗5000多個避孕套）

避孕套與運動／麥高

運動會上好熱鬧，跑的跑來跳的跳。
那些敗陣運動員，捶胸頓足陷苦惱。
請君捫心來檢討，是否歸咎保險套？
代表國家來比賽，怎可夜夜瞎胡搞？

註：在韓國的奧運期間，運動村最暢銷的物品是避孕套。

華人賭性深／麥高

遊遍美國大賭場，每場裡面都發黃。

發黃當然是黃金，另外都是華裔人。

假如華人不進來，賭場怎會發大財。

華裔賭性數第一，走遍天下誰能比？

註：美國的大賭城我都去過，裡面的黃面孔甚多，絕打大多數為華裔。例如波士頓中國城設有直達康州賭城的專車；紐約的唐人街設有直達大西洋城賭城的專車；洛杉磯的中國城設有直達拉斯維加斯賭城的專車。不言而喻，這證明華人賭性堅強，人口眾多。

另外一批喜歡賭場的華人是退休老人，他們無事可做，便到賭場去吃免費午餐。因為在去賭場的專車上，乘客可拿到免費的餐券和一點籌碼，他們只要買張車票，就可在賭場吃免費的豐盛午餐，然後回家，就消磨了一天。賭場內設有各國餐館以招來不同國家的賭客。中國餐館內客人最多，菜也不錯。希望習近平主席到美國大賭場看一看就知道華人對賭博是如何瘋狂。（我認為，賭場根本不會邀請中國領導人去參觀）

中國何不開賭場？／麥高

華人最喜來賭錢，何不多設賭博店。

賭場賺錢如流水，肥水不流外人田。

世界各國會打算，廣設賭場賺你錢。

環顧四周各鄰國，個個賭場都大賺。

註：為了賺中國人的錢，中國四鄰國家都設了賭場，甚至不賭博的蒙古國也設了賭場。美國的大賭場更是敲鑼打鼓，歡迎華人來賭。中國近來嚴抓貪官，據說美國的賭場生意大不如前，澳門的賭場的生意更慘。美國為了顏面，本來不願設賭場，但後來聰明人想出了兩全其美的辦法：就是對印第安人自治區（該區完全自治）允許自由設賭場。不久，全國的印第安人區便賭場林立，日進斗金。現在美國的賭場名義上都是在印第安人名下，實際上背後全由美國白人財團控制。中國何不東施效顰，給弱小民族開賭場的自由，他們一定會高興萬分。

胖子長胖有原因／麥高

世界胖子日漸多，證明飲食全不錯。

富人所以不變胖，因怕尊嚴受挫折。

註：據美國的調查，少數民族的胖人特別多。領貧窮救濟金的人反倒有很多胖子。因為美國的救濟金足夠讓窮人吃胖。胖子所以胖是因自視不高。既然吃救濟金，證明這些人前途無亮，何必擔心自己的體重。因此便放棄對自己的儀容關心，而任其發展。富人很重視體面，盡量控制自己的體重，所以胖子相對比較少。

根據2015/3/31的新聞報導，台東人最胖，台北人最瘦，也可能也是儀容的問題。希望台東人不要生氣，而應該重視儀容，不要把自己吃成胖子。

老人公園健身走／麥高

人生何處不相逢，相逢總在公園中。

縱然相逢不相識，一周不見心不寧。

雖然只是點頭交，希望是吉不是凶。

第九單元　旅遊

大名府／王殿傑

人見大名愁，我見大名喜。

並非愛大名，家住大名裡。（註一）

註二：王殿傑，為知名書法家，任教建國中學，現已退休。

註一：大名府：今河北邯鄲市大名縣。

羅馬懷古／王士英

羅馬是古都，千年展輝煌。

歐陸列國來，風光皆分享。

盛後必有衰，竟致早滅亡。

斷牆殘坦地，荒煙蔓草黃。

望其舊古都，令人感悽愴。

舊時何繁華，今日好蒼涼。

埃及艷皇后，凱撒大帝强。

帝后今何在？空留古戰場。

註：1966年7月13日，與十四位好友組團遊羅馬古城，緬懷當年羅馬帝國何等輝煌，而今所見卻是斷垣殘壁，滄海桑田，令人無限感慨。

海南遊／王衍裕

一、“天涯”“海角”

“天涯”“海角”鐫石頭，萬里海疆任悠遊。

展望眼前無盡處，沙灘海水俱溫柔。

註：前人在海中兩塊岩石上刻有“天涯”“海角”四字。

二、海

鷗飛晴空遠，魚游海底寬。
巨浪吞落日，殘月沒曉天。

宜蘭／麥高

台灣有城叫宜蘭，空有美景及海岸。
家家富有都買車，假日車潮滿海邊。
居民遷此為休閒，沒想人滿車為患。
盲從自有盲從錯，後悔當年壞打算。

註：宜蘭現變成觀光勝地，旅遊季節來臨時，外來遊客便擠滿大街小巷和海邊。令當地人不勝其煩，真後悔當初搬來宜蘭。

懷徐州／謝宗祿

蒼突雲龍古城旁，千年白鶴未還鄉。（註一）
天教滅楚應非戲，今吊黃沙古戰場。（註二）

群山萬壑勢崢嶸，吹過當年霸王風。
四面楚歌困垓下，八千子弟愧江東。（註三）
未央伏劍悲韓信，月落烏江泣重瞳。（註四）
烏騅虞姬成永訣，空教後代吊王宮。

註一：雲龍：雲龍山。
註二：鶴：指雲龍山上有一座放鶴亭，鶴已放走但未回來。
註三：垓下：古地名，在今安徽靈璧縣南沱何北岸。公元二〇二年，漢，楚兩軍在此決戰，漢高祖劉邦圍困項羽於此，項羽兵敗，自刎於烏江口岸，今名烏江浦。
註四：重瞳：黑眼珠裡有兩個小孔，古稱為異人的特徵。項羽有兩個瞳孔。

旅遊雜感／孫秀蘭（女）

世事變化時光流，多國多地倡旅遊。
遊山玩水人喜好，景點多多有撈頭。

旅次鍾山下／王志勛

旅次鍾山下，衛橋暫為家。
晨跑繞山道，一路石徑斜。
落葉隨風舞，高桐枝槎枒。
為添秋意濃，陵上滿菊花。

遊南京玄武湖／謝宗祿

鍾山雲淡雨後開，一片青蒼織古苔。
風景不殊湖水碧，輕舟未載故人來。

無端起鄉愁／王志勛

故鄉亢埠好地方，自然純樸多安詳。
沙河水清學泭水，柳下陰涼洗衣裳。
早牽牛羊放野草，晚歸牧兒踏夕陽。
山歌野調順口唱，家家戶戶叫喝湯。（註）

收成季節人人忙，男女老少樂洋洋。
北湖大麥正在割，南湖小麥搬上場。
打場吆嘍聲嘹亮，莊頭莊尾呼應唱。
孩童追逐嬉戲鬧，麥穰窩裏捉迷藏。
張大奶奶李大娘，拎著線坨拉家常。
註：喝湯，家鄉話吃飯的意思。

九寨溝／謝宗祿

湖泊高低瀑布群，冰川雪嶺幾難分。
湍流飛濺濛似霧，聖水神山四海聞。

嵯峨疊翠如魔幻，童話一般七彩雕。
羌藏聚居村九寨，改名九寨景殊超。

翡冷翠（Florence）懷古／王士英

翡冷翠處稍駐足，文藝復興看古物。
雕像座座看不完，教堂巍峨不盡數。

但丁神曲今仍在，後人墓前任徘徊。
健美大衛仍依舊，神殿壁畫難釋懷。
十字堂廟感人深，多少遊客盡膜拜。

先知灼見哥白尼，真理竟然變異端。
眞金不怕火來煉，愚昧群中卻難辨。
志士只能以身殉，萬世留名存人間。

註：1996年，與友人遊翡冷翠，瞻仰中古殿堂，天文學家哥白尼提倡太陽是宇宙中心，與教會信仰衝突，而其信徒布魯諾被判死刑，令人感慨。

休怨雨天水災多／麥高

休怨雨天水災多，與湖爭地惹大禍；
浙江有湖4000畝，如今剩餘400多。

註：報載：30年前浙江有湖泊4000畝，因人民與水爭地，如今僅剩400畝。雨水無處流，不但造成水災，更會造成旱災。

杭州西湖／謝宗祿

晨光初現氣清新，湖岸煙靄柳色明。
春曉蘇堤人信步，熏風旭日荷香迎。
平湖秋月景如畫，三潭映月水有情。
更有斷橋留韻事，雷峰夕照聽歌聲。

註：杭州市為中國古都之一；西湖為中國四大名湖之一。又名西子湖。
詩云：
西湖天下景，遊者無愚賢，湖淺隨所得，誰能識其全？
四時風物清佳，以十景馳名中外，它有「天下西湖三十六，就中最好是杭州」的評價。

雲台山遊記／王衍裕

山色蒼翠新雨后，水碧澄湖緣柳前。
天降銀河灑珍珠，紅石峽裡不見天。

山高路險攀登難，無限風光上山看。
山下齊喊太危險，老夫發狂學少年。

註：雲台山在河南省焦作市修武縣境內。

台兒莊／麥高

三遊台兒莊，依舊泿風光。
歷史列名城，二戰放光芒。
國軍大勝利，日寇大傷亡。
戰爭紀念館，座落運河旁。
建設日日新，河水夜夜淌。
歲月隨水去，依然台兒莊。

詠揚州／謝宗祿

州界環水水養鮀，歌台舞榭畫舫多。
千門商埠向湖面，萬戶人家盡枕河。

早起飲茶吃點心，晚間沐浴論當今。
蓮花湖面紅如火，水色山光伴客吟。

免費車票用十年／麥高

想起車票用十年，無功受祿心愧慚。

無功皆因未交稅，受祿因是來台灣。

旅遊景點多免費，蘇州風光皆遊遍。

蘇州一住二十年，節省台幣好幾萬。

註：內地政府非常優待台港同胞，只要到了65歲便可享受本市的公車票及全國景點的免費或半票。在大陸購房也不必交房產稅及所得稅。不過將來的發展不敢保證。

四不像／謝宗祿

一塊石頭兩個樣，兩塊石頭四不像。

烏龜嘴臉駱駝背，進洞白馬出洞象。（註）

註：桂林陽朔的烏頭山山頂有塊石頭，頭像烏龜，背像駱駝，山洞裡也有一塊石頭，裡看像白馬低頭進洞，外看像大象昂首出岩。當地人們就把這兩塊石頭合起來叫「四不像」

攜妻登黃鶴樓／王衍裕

白雲千載空悠悠，黃鶴至今不回頭。

人生匆匆東流水，世路茫茫無盡頭。

樓上樓下人潮湧，市纏嘈雜錢當頭。

日暮鄉關何處去，旅館裡頭兩枕頭。

羊年有感／麥高

羊年到了多養羊，據說羊奶很營養。
擠出羊奶餵兒女，他們長大好留洋。
小心他們不回來，空勞父母倚門望。
休怨兒女忘恩情，洋人習慣就這樣。

以下是我多次遊內地的經驗：

因為在美國工作，在中美建交的1979年便去過大陸。以後經常去。因為旅遊的時間不同，而內地又有突飛猛進的革新，所以現在可能大大不同。但我的經驗可當做歷史的見證，也證明中國的進步。自己教過書，染上好為人師的壞習慣，旅遊時到處指指點點，惹人討厭。不過，這也是為大家好。下面就是我遊大陸的新舊體驗，很有歷史價值。

中山陵前無欄杆／麥高

難得退休日日閑，中山陵前來登山。
面前台階數十個，累垮婦孺與老漢。
但願下次來登山，台階旁邊設欄杆。
便民之心人皆有，接受民意是好官。

註：對老弱殘疾和婦孺來說，爬中山陵實在很困難，從頭到尾都是台階。當時曾經向服務人員建議修欄桿，好像沒什麼效果，現在仍然沒有欄桿。

萬畝石榴園／麥高

要看石榴來榴園，內有榴樹千千萬。

若問該樹何品種，只好無語問青天。

註：萬畝石榴園在我的故鄉山東棗莊市，遠近聞名。一望無際的石榴樹真可能有一萬畝。我第一次看完以後，非常失望。因為看完以後沒得到任何新知識。於是便建議服務人員，要在每棵樹下立一個牌子，上面標明：樹的年齡，產自何地，開什麼花，及其他特徵。但第二次去看時依然如故。園長沒什麼作為。

追尾事故／麥高

追尾事故特別多，皆因人人搶頭刀。

平心靜氣休趁速，閻王不會把你召。

觀前街／麥高

蘇州有個觀前街，觀光之人都會來。

看過之後很失望，除了金店無啥怪。

平平常常一條街，徒具盛名好幾代。

小橋流水遜周莊，購物那有石路率。（註）

註：石路是蘇州的另一條大街，車馬繁忙，名店林立，遠勝觀前街。觀前街裡真有一座觀，它叫玄妙觀。街以觀名。故名“觀前街”

旅遊者注意：當公車報“醋坊橋”時，你要下車。因為觀前街也叫“醋坊橋”。

第一次吃麵／麥高

當年吃麵不算碗，一兩二兩這麼算。

假如心中沒有準，七兩撐死大肚漢。

註：最初去大陸時，在飯館吃麵時不是用碗算，而是用兩。當時不知道自己能吃幾兩，心想還是少來一點吧，於是便點了五兩麵。麵上來時，真把我嚇一跳，那個碗真正像個小盆，雖然很努力，仍沒吃完。還好，不久大陸也像台灣一樣開始用碗來計算了。

特別在此請教：因用到麵，所以我在此向大陸搞簡體字諸公請教，在大陸簡體字中“面”與“麵”皆寫為“面”。實在令海外人士（包括台灣及華僑）困惑。既然麵字筆畫太多，何不用夏丏尊的“丏”來代替。雖然“麵”與“丏”四聲不同，但在簡體字中是允許的。“丏”字很少用，可說是廢物。何不廢物利用？

大娘水餃／麥高

大娘水餃很會賺，可稱連鎖第一店。

可惜鹹得難入口，何不少鹽多賺錢？

註：內地的大娘水餃店成立很早，可能是大陸的第一個飲食連鎖店。我第一次吃大娘水餃時，真正鹹得要命。這可能是當時大陸人太窮苦，必須鹹辣才能下飯。幸好他們餐館設有意見箱。我便拿出紙筆寫了我的意見，說明食物太鹹的壞處，請他們少放鹽。我可能是第一個把意見投入意見箱的客人。沒等我出門，跑堂小姐便拿出意見便條傳閱。他們很能從善如流，現在大娘水餃的口味已經不再鹹了。不但是大娘水餃，其他餐館的菜也淡下來了。這可能是時代使然，不是我的功勞。

某某到此一游／麥高

人道有錢好旅游，到處景點留一手。
“××曾到此一游”　字跡心態都很丑。
任你張三或李四，管他王八抑王九。
休要自我太膨脹，徒在異域惡名留。

註：中國人有個壞習慣，經常在旅遊景點寫上“張三或李四到此一遊”。現在台港人已痛改前非，不再留字。只有內地人仍然不改，在外國或本國家的景點上和牆壁上留下自己的臭名。給世人留下惡劣印象。每個遊客看到你的名字都會罵你一聲。奉勸張三或李四不要再留名。

監獄餐廳／麥高

假如你是怪癖佬，何不試試餐廳牢。
餐廳設置像監獄，餐桌一張凳兩條。
進門先把鐵栓插，免得他人來打攪。
昏黃燈光照牢房，牆掛手銬與腳鐐。
鐵窗一敲菜送來，你所點的全都到。
牢房僅有你二人，你的吃相無人曉。
你可狼吞如餓鬼，舉著長嘆似扁佬（註）
男女二人可親嘴，不怕有人來拍照。

註：扁佬：陳水扁總統。
註：天津有一家（可能不止一家）監獄飯店，裝潢如監獄，據說食客趨之若鶩。

大媽熱愛廣場舞／麥高

內地大媽愛跳舞，看到廣場忍不住。
健身減肥有奇效，養生美容收小肚。

燕瘦環肥齊下場，扭腰擺臀吸眼珠。
這種景觀那裡找？中外圍觀不忍去。

廣場太小擠街頭，音樂吵人難忍受。
黎明半夜何時了？政府下令舞事收。（註）

6點以前10點後，床事可做舞蹈休。
假如大媽心有怨，老公暗喜直點頭。

註：因為太吵，政府去年下命令，早晨六點以前和晚上十點以後，不准在戶外跳廣場舞。

乞丐生意好／麥高

乞丐生意真正好，不必流汗不必跑。
只要大街多磕頭，三年可成大富豪。

註：內地的乞丐特別多，尤其是山西太原，到處都是。據調查，那些乞丐百分之八十都是職業乞丐，不願到救助收留站去。因為當乞丐可以發財，混三兩年乞丐，可以回家鄉蓋房子娶老婆。
有人調侃乞丐說：攤位設立在城市的忙碌的黃金地段，上下班自由。高回報，零投資。不必洗臉刮鬍子。月薪萬兒八千。
在英國，乞丐是要拿執照的。假如在中國也要拿執照，大概乞丐就不會那麼多了。

男女假離婚／麥高

大陸男女沒水準，為了買房假離婚。

正義道德全不顧，世界竟有這種人。

註：內地政府規定，夫婦僅能買一棟房子。為了再買第二棟房子，很多夫婦辦假離婚。他們把假離婚當成風氣時尚，而不認為是一件鮮廉寡恥的事情。有些村莊，半數以上的男女全是離婚人。

裸官／麥高

世界各國有裸官，此官並非無衣穿。

中國裸官數第一，他們都是大貪官。

貪來錢財千千萬，家人國外買房產。

案發之日快逃命，逃向外國一溜煙。

萬一倒霉被抓到，犧牲自己全家安。

華人聰明數第一，貪污枉法會打算。

逃外中國大富豪，很多都是不要臉。

外逃貪官富二代，招搖擺闊外人嫌。

註：裸官者并非裸体的官員。而是內地特指那些沒有配偶，尤其是指把配偶及子女移居國外的官員。其錢財當然也移至國外。這些官員隨時準備逃跑。萬一被查處抓到，便成了犧牲一人，保全全家的腐敗官員。2014年九月北京梳理來46個裸官，可見大陸裸官之多。現在大陸禁止提升裸官。台灣也有裸官，但為數不多。

一切很熟練／麥高

張家二十八歲男，新娘離婚已三遍。
問他為何娶此女？回答一切很熟練。

加強考試制度／麥高

只紅不專惹事端，好多官員變貪官。
何不嚴格考試制，考試不過沒飯碗。

註：因為中國沒有一套完整的考試制度，所以便造成一人得道，雞犬升天的事實。最近因為國家治理貪官，一批批的大官落馬，這些大官很多都是貪官或來路不正。我認為任何人要當公務員就必須通過國家的統一考試。考試制度有下列效用：
1.擺脫任用親友。2.清除買官賣官。3.戒絕請托鑽營。4.取得合格人才。

政府本身先禁煙／麥高

吞雲吐霧好神氣，吸煙害人更害己。
國人吸煙冠世界，國貧民弱敵人喜。

禁煙應從政府起，政令不行怨自己。
立下三年禁煙令，凡官必須戒煙癖。

註：我認為防止空氣污染最有效的方法是政府下命令，規定現任吸煙的公務員必須在三年之內戒煙，否則解聘。吸煙者不能考新公務員。美國很少人吸煙，他們種植製作了很多洋煙向世界推銷，尤其是向亞洲推銷。中國吸煙人特別多，無怪空氣污染，肺癌領先世界。想一想，每年有幾百萬人死於肺癌，多麼恐怖。

據2015/3/3日的媒體報道，吸煙比霧霾的毒害高過20倍。林則徐可以禁大煙，政府為何不能禁吸煙。
據說，大陸禁煙很難，因為各地的地方政府首領多數以廣設煙酒場來增加稅收，沒有煙酒收入，地方政府的財政便難以為繼。
2015年6月北京實施全國最嚴厲的禁煙法規，所有的公共場所室內一概禁煙。希望禁煙成功。

2015/5/30報紙報導，江蘇15歲以上男性44%是煙民，不吸煙的人有62%暴露在二手煙中。為了控制煙毒，最近政府把煙稅從5%提高為11%。

中國煙民何其多／麥高

中國煙民何其多，看來神經都衰弱。（註）
不敢面對難問題，只好藉煙渾水摸。

註：據研究，吸煙人所以吸煙，是因為神經不夠堅強，無法面對人生困難，所以才藉毒品麻醉或刺激自己。
有人建議，中國應該像香港一樣，把煙稅突然提高了300%來表示戒煙的決心。結果香港20%的煙鬼戒掉煙癮。香港能做，中國為什麼不能？
嚴格地說，政府不積極禁煙就等於政府幫助煙鬼毒害吸二手煙的人。

愛物不愛人／麥高

盜亦有盜有天良，陸人竟把天良傷。
車禍司機正流血，衆人卻把貨物搶。

註：媒體經常報道，很多貨車出事司機受傷，現場眾人卻忙著搶東西，而不搶救司機。黑心又殘忍。

洗腳運動／麥高

中國臭腳誰能比？天下幾人不掩鼻。
自己洗腳很平常，可曾為母洗一洗？

高貴人士誰願做，只有孝子能屈身。
假如能為員工洗，可稱人間第一人。

註：在內地洗腳是件大事。2014/9/23約有一萬人在江西明月山參加“我與父母洗腳”運動，經吉尼斯紀錄認定為世界最高紀錄。實際有10289人參加。另外，有一家工廠老闆表示愛護員工，親自替每個員工洗腳也成了大新聞。
像澡房一樣，大陸各地設足浴店。因為大陸洗澡不易，但至少要把腳洗乾淨。用熱水洗腳是一種享受也是一種保健方法。健康專家建議人們每天要用熱水洗腳。

打點滴（掛水）／麥高

醫生看病很新奇，嘴含煙斗看病歷。
房間擠滿看病人，病人醫生無隱秘。
掛水絕對好生意，入院就給打點滴。
不問大病或小病，管它三七二十一。

註：多年前我去在蘇州甪直看感冒，竟然要打點滴，（掛水）。更驚奇的是進入一個像大教室一樣的點滴室，裏面竟坐著三十幾個人正在打點滴。真正是好不壯觀！一打就是半個小時或者更長。醫生看病時像看馬戲團，四周圍滿了其他病人，毫無隱私可言。現在已有改善。
幸好最近（2014八月）政府規定禁止亂打點滴。只有某些病才準能打，以免勞民傷財。
我在一次與鎮長的會議中，曾經建議醫生不可以一面吸煙一面看病。現在已大有改進。這可能是時代使然。大家漸漸知道吸煙的害處。

早報晚報搶生意／麥高

報社並非頭腦昏，早報晚報不會分。

很多晚報早晨賣，只為早賣早賺銀。

註：內地大部分的晚報在早晨開賣，如揚子晚報，姑蘇晚報等等都是早上開賣。只要能賺錢，何必有早報晚之分。這一點台灣報紙要學習。

眼不見為淨／麥高

公子小姐愛手機，霸佔座位滑不息。

面前站個老婦人，只要低頭可不理。

現代生活／李俊

現代生活好，古人難相較。

遠程坐飛機，近程開車跑。

千山萬里外，資訊可遠傳。

有話能對講，可惜握手難。

第一次住院／麥高

當年生病住醫院，電視病房一大間。

美麗護士俏佳人，服務周到問寒暖。

四周病房七八間，間間無人皆空閑。

想來房間價錢貴，無人敢花冤枉錢。

內人急忙去退房，兩夜共付十四元。

註：付完錢以後，夫婦二人不禁開懷大笑。原來那時一元美金換八塊人民幣。住院一夜才七元人民幣，怎不令人高興。想來比旅館還便宜。那是1980年，現在可大大不同了。

碰瓷／麥高

碰瓷這一行，專找倒霉相。

假如你不知，真正上大當。

除了賠不是，花錢消災殃。

世界壞人多，時時要提防。

註：碰瓷是古玩行業的行話。指不法之徒在路旁擺賣古董，故意把易碎裂的瓷器往路中央擺放，等路人不小心碰壞便藉機訛詐。面對無賴，你只有花錢消災。你在店裡買東西，要特別小心。

碰瓷怪現象／麥高

人人怕碰瓷，碰瓷無商量。

避免惹上禍，你死我不幫。

註：2014/10/29媒體望報道，長沙有位61歲老人因心臟病倒地不起，有49人經過他身邊卻無人報警，直到第50人才報警，但此老人早已死亡。事情所以如此，原因是大陸人最怕碰瓷。假如你救助一個人，這個人或家人會賴你把他撞倒，或撞死，而要負責償命。所以很多人都不敢搶救倒在路上的人。

另外，上海2號線地鐵一位老外在座位上昏倒，竟無人幫助，而他鄰座的人開始跑走。其他車廂不知就裡，盲目跟風，結果十秒鐘內，三節車廂的乘客全部跑光。很多人甚至把鞋子跑掉，這真正是內地的獨特現象。可笑又可悲。

另外，2015/2/1日大陸媒體報道：浙江玉環縣有一位老人在路中間摔倒，其後有四輛汽車和23個行人經過，卻無人理會。八分鐘後一輛白色轎車把地上的老人壓死。

作客異鄉／李俊

他鄉作異客，胸懷故園情。

夜靜人獨眠，鄉夢到天明。

美國考駕照／麥高

駕照考試輕鬆過，猶如口渴喝可樂。

大陸考照繁雜難，為何車禍反倒多？

註：美國新罕布夏州的考駕照的手冊像巴掌大小，不到二十頁，問題非常簡單，考前看半小時便可通過，甚至可拿一百分。大陸的考照麻煩無比，比美國難十幾倍。有些考試問題根本與開車無關。駕照考試的難易可能是觀念問題。美國人認為拿駕照是人民的權利。一個人沒有駕照就找不到工作（因為美國小村大都沒有公共交通工具），找不到工作就不能生活。政府怎麼可以斷絕人民的生路。內地（台灣以前也一樣）地方政府認為有汽車的人都是富豪，一定要他們多考試多交錢才給駕照。

第十單元　老年

老友老伴慶健康／林淑美（女）

呵護老體硬朗朗，牽手老伴喜洋洋。

老友合唱夕陽紅，彩霞滿天慶健康。

註：林淑美，台灣人。淑美的丈夫是大名鼎鼎的孫英善先生。

註：此為林淑美女士之遺作。

裝支架／李俊

膝蓋有病換關節，血管不通裝支架。

軍旅一生經烽火，吃藥開刀咱不怕。

臥病輾轉難入眠，常夢老友來我家。

老來難得老婆好，平日很少想到她。

老年／孫英善

人生七十古來稀，能過八十喜滋滋。

日出而作看雲起，大千世界是好戲。

如何養老／齊國慶

人到老了雄心少，老友聚會問養老。

除了天生好體質，作息規律最重要。

頭腦簡單睡得好，粗茶淡飯七分飽。
每日按時多運動，終生學習樂陶陶。

註：齊國慶，台灣大學森林系畢業。木瓜溪林區管理處處長。

八十有感／麥高

人生七十古來稀，坐八望九更稀奇。
夜晚夢見狗打架，朝聽名嘴互攻擊。
亂七八糟皆經歷，魑魅魍魎過眼底。
宰相肚裡能撐船，小人得意很神氣。
人到老年無脾氣，看著電視入夢裡。
電視美女很大方，明星露奶勾引你。
縱然風騷如金蓮，老夫依然難升旗。
門外競選喊聲響，又來騙人和自己。
老朽八十心神定，天崩地裂絕不理。

過年有感／麥高

一年老來真容易，忽然又到新節氣。
只要身心保健康，快快樂樂忘年紀。

和《過年有感》／孫英善

活到老年不容易，要有健康和福氣。
享受夕陽無限好，何需勞神算年紀。

也和《過年有感》／崔紹周

老年過得好容易，糊里糊塗八十幾。
只要連和清一色，開心大笑忘年紀。

啃老／麥高

啃老啃老來啃老，天天睡覺可吃飽。
日子閑得很無聊，找個女友同睡覺。
年老父母不敢問，一問四人一同吵。
父母一氣懸樑死，大筆遺產全收到。
啃老哪有啥不好，啃老啃老來啃老！

註：王青勤，現年38歲。小時父母非常疼愛，大學畢業後，做了幾個工作，都說沒意思，便在家中啃老。除了衣來伸手，飯來張口以外，後來還把女朋友帶回家同住，說父母應該養活他們。最近年老父母忍無可忍，把在家中閑住七年的兒子告到海淀法院，法院便強制執行，替父母把趕兒子出門。不亦快哉！

享受黃昏／李俊

人老彎腰頭也低，樹老枝枯黃葉稀。
花開花殘秋已深，晚霞美景正可惜。

拾遺／馬自勤（女）

近來思緒縈迴長，歲月如流歷風霜
年逾八十倖健在，弦歌讀誦憶同窗。
童年共是南飛雁，如今終老在異鄉。
常在鏡前悲老像，勝於歸天赴黃粱。
逝者如斯空嗟歎，耄耋無那撰詞章。
來日春盡隨風去，不悔人間走一趟。

小民要來裝支架／麥高

人到老了花錢大，心臟有病裝支架。
輝佬已裝十二支，再裝十支咱不怕。（註一）
只是小民生活苦，花起錢來難比他。
他的心臟好寶貴，看病要去日本家。（註二）

註一：前總統李登輝裝了十二個支架，都是上等貨。
註二：李登輝看心臟要到日本去，替台大醫院丟臉。

E-mail／孫英善

好友情深一甲子，多謝伊眉傳訊息。
紅塵看破無煩憂，老伴老友最珍惜。

和《E-mail》／麥高

慶幸活到八十幾，學會email通信息。
縱然老友天邊遠，鍵盤一按解思憶。
夕陽無限共珍惜，何況老伴伴我你。
紅塵藍綠早看破，愛情友情仍第一。

佳話／馬自勤（女）

人老有如夕陽下，歲月梳頭染白髮。
昔日歡樂堪回憶，今天耳聾老眼花。
偶爾散步歸家晚，老妻關懷心牽掛。
噓寒問暖體貼愛，飲食起居溫馨家。
人生如此該知足，百年偕老稱佳話。

休為來世討煩惱／尹俊

八十啦　不算老，你我要登樂壽佬。
心腸好，無煩惱，多運動，好睡覺。
聊聊天，看看報，有病醫院走一遭。
活得好　活得妙，兒女相陪心情好。
溜達公園曬太陽，兒女之事休嘮叨。
活了一天賺一天，休為未來感煩惱。

八十啦，難還原，吃喝拉撒多怨歎。
顛三倒四惹人嫌，耳聾眼花行動慢。
幸有兒女伴老年，忙煞他們跑醫院。
少經苦難老有福，老夫一生無悔怨。

長命百歲人不少，修心養身很重要。
寬厚處世人緣好，葷素不忌八成飽。
知足常樂很逍遙，處事淡泊心情好。
每日吃藥保健康，醫生叮嚀要記牢。

王侯也要埋荒煙，快樂一生很自滿。
人生百年終歸去，何必苦苦把命延。
人事不知住醫院，滿臉插著很多管。
自己已成植物人，家人跟你受熬煎。
何不拔管把氣咽，一縷青煙便升天。
此生日日皆為善，廿載輪迴又好漢。

極樂世界遊一遍，再找父母返人間。

休為來世找煩惱，享受此生賽神仙。

註：尹俊，員林實中師範部畢業，師範大學夜間部畢業。台北實踐國中任教。

你我已經退休／麥高

你我已經退休，別在家裡轉悠。

趁著腿腳靈便，何不出去溜溜？

朋友到處都是，老家值得回頭。

美景處處皆是，遠近都可走走。

如果手頭寬裕，也可出國旅遊。

交通非常方便，結伴隨團皆有。

不要猶豫不決，不需任何理由。

說去立即就去，說走立即就走！

老年三寶／麥高

老本

雖然自認很能幹，兒女比你更刁蠻。

人到老了要抓錢，不要預先移交完。

富二代中有壞蛋，就怕拿錢不見面。

屆時兒女都跑光，父母如何度晚年？

如果房產交兒女，他會給你顏色看。

假如兒女心眼壞，掃地出門怎麼辦？

註：很多美國父母把遺產捐給國家或公益團體，而不給子女。中國父母的傳統觀念太深，很少人公而忘私，把遺產捐給國家。不過，無論在大陸或台灣，有很多兒女會詐騙父母的錢財。

老伴

少年夫妻老來伴，幸運你有另一半。

縱然兩人互鬥嘴，勝似一人對墻言。

萬一不幸你跌倒，救命就在那瞬間。

平日無視老伴在，只有病中他出現。

註：很多現代兒女都希望寡居父母找個伴侶同住，彼此有個照應。調查證明，獨居老人死亡率比較高。我有很多朋友就是因為獨居中風無人救助而死亡。

老友

百年多病獨登臺，何不找個老友來？

耄耋互吹趣無窮，說起舊事最開懷。

昨日新事多忘記，陳年舊事皆新奇。

兩個老人談往事，吐沫噴飛興奮極。

活到八十無所求，四老圍城可解憂。

每日八圈衛生牌，包你活到九十九。

第十一單元　不亦快哉！

你不必每天鬱鬱寡歡，好像人家欠你一塊錢。仔細想一想，世界上令人稱心快意的事情太多了。閒來無事，到大街遛一趟，就會遇到很多好笑的事情。幽默大師金聖歎非常細心，他記錄了三十三條有趣的小事，後人稱之為金聖歎三十三不亦快哉。我在此狗尾續貂，記下我所經歷的稱心快意的瑣事，與大家分享。

看沙灘女排，不亦快哉！／麥高

沙灘女排真好看，光溜溜地現君前。
只有三點看不到，多用幻想便圓滿。
可笑古人何其笨，為何至今才發現？
幸虧洋人點子多，海灘風光美無限。

禁止啃老，不亦快哉！／麥高

好吃懶做靠啃老，這種日子好逍遙。
有個消息終來到，山東立法禁啃老。
大家聽了很高興，啃老男女直跳腳。
奉勸世界啃老族，自強自立是正道。
不要去告老父母，世人大牙都笑掉。

註：據統計，大陸65%以上的家庭存在老養小的現象。有30%的成年人在啃老。最近山東省，江蘇省及杭州等地相繼立法，在老年人保障條例中規定老年人有權利拒絕兒女啃老。
長沙有位匡正軒先生因被父母趕出家門，而控告父母棄養，結果控告失敗，令人高興。

看女排賽，不亦快哉！／麥高

愛看運動月連月，中國女排沒話說。
橫掃泰國與歐洲，東亞皆感球技拙。
日本美女更無用，人仰馬翻輸球多。
這種比賽真過癮，不亦快哉又如何？

註：2014年中國女排在郎平教練的帶領下大有進步，橫掃歐亞美各國，只有在冠亞軍賽時，敗給美國，而獲得世界亞軍。平心而論，洋人體高力大，亞洲人要拿冠軍非常困難。籃球更為困難。

殺光蚊蚋，不亦快哉！／麥高

避暑鄉間好快活，可恨夜來蚊子多。
如蠅附膻揮不去，不經允許滿身啄。
買來蚊拍三兩個，電閃雷擊紛紛落。
不是山人說大話，蚊蚋小蟲奈我何！
替天行道殺蚊蠅，不亦快哉笑呵呵。

大胖換美女，不亦快哉！／麥高

登上飛機去美國，空姐帶我去機座。
隨後來個大胖子，他的體重真正多。
滿身肌肉會流動，流過扶手壓到我。
正愁長夜如何過，空姐走向大胖哥。

原來胖哥坐錯位，他竟坐了美女座。
美女如花真苗條，體香如酒醉了我。
胖哥去了美女來，不亦快哉又如何！

媒體報道，賊人掘洞偷竊，因洞太小竟夾在洞口難於脫身，警察手到擒來，不亦快哉。

賊夾牆洞，不亦快哉！／麥高

龍生龍，鳳生鳳，賊養兒子掘壁洞。
雖然賊技得祖傳，可惜學藝不夠精。
如果不是體太胖，就是掘壁太匆匆。
冥冥之中有報應，小賊竟夾壁洞中。
警察辦案真有效，手到擒來賊入甕。

看乒乓球比賽，不亦快哉！／麥高

中國乒乓技術精，乒乓外交留美名。
比賽起來無敵手，打敗歐美及東瀛。
日本美女氣呼呼，生氣自嘆技不行。
這種比賽多多來，百看不厭永遠贏。

註：有人說，世界上前20名乒乓高手都是華人。不過，日本的高手福原愛因長的漂亮，大家都喜歡，希望她不要長老。

看美女跳水，不亦快哉！／麥高

中國體育最當行，上次奧運得分王。
雄霸世界是乒乓，第二就是跳水場。
美女跳水真美妙，出水芙蓉好模樣。
身材苗條技術高，將來定嫁如意郎。
郎才女貌令人喜，不亦快哉咱老王。

註：體育美女大多嫁高富帥郎君。

淑珍送禮物來，不亦快哉！／麥高

多次禮物，我們喜歡。
向您揩油，心有愧慚。
感謝之情，永存心間。
有空來聊，以解思念。
如有餘糧，多送給咱。
您的禮物，特別香甜。

註：姚淑珍小姐是我的同學，鄰居和好友。她是女性獨自創業的代表人物，她的進出口公司非常成功。

解脫疥瘡苦，不亦快哉！／麥高

疥是一條龍，先從手上行。

當腰纏三週，蛋窩安大營。

富人講衛生，窮人易染病。

假如無錢治，受苦到終生。

幸運能洗澡，浴後滿身輕。

窮人無奢求，只求無病痛。

註：疥瘡在台灣好像已絕跡，大陸也可能消失了。我在此寫下自身的經歷，算是為歷史留下見證，證明的確有很多人患過疥瘡及繡球瘋。當我們在1949年流亡到澎湖讀書時，除了吃飯及居住由國家供給以外，我們一窮二白，一無所有。水泥地上舖一層稻草，再放一張草席，我們就睡在上面。因天冷無處洗澡，也無衣服換洗。所以全身髒臭，虱子滿身，跳蚤滿地。結果一大半同學都染了疥瘡。全身發癢，長了滿身膿皰。用手擠破，膿皰旁邊會再生一個。因為疼痛，四肢不能相互摩擦，走起路來必須像科學怪人，兩腿半分彎，兩臂前伸，五指張開，慢慢向前移動。因手指中間疥瘡太多，有時筆也拿不住，無法寫字。後來學校得到澎湖防衛司令李振清的恩准（他也是我們的校長），我們可以去司令部軍隊用的熱水池洗澡。洗完後全身抹上硫磺膏，洗了四五次，兩個月后，我們的疥瘡和繡球瘋便完全醫好。感謝上蒼，感謝國家。。

金聖歎在他的《不亦快哉》文中，提到他的私處長瘡，用水一湯，快樂無比。我想他一定是長了繡球瘋。因為我有豐富的繡球瘋經驗。用熱水一燙真正快樂無比。那種快感從每根神經傳遍全身，絕非筆墨所能形容。只有不洗澡人才長繡球瘋，請勿隨便試。不瞞你說，我感到非常幸運患過此病，它讓人感到即痛苦又快活。是人生難得的經驗。請參考上面的疥瘡一文。當疥瘡長到“蛋窩安大營時”，就變成繡球風了。

熱水燙繡球瘋，不亦快哉！／麥高

繡球瘋來繡球瘋，你眞讓人難形容。
患上此病髒又癢，為何私處長此病！
難於啓齒來辯解，只好暗地嘆苦命。
可用熱水暫解脫，快感可償百年痛！

當年我們在澎湖及員林實中讀書時，實行軍事管理。教官的權力龐大無比，一有小錯便對我們拳打腳踢。因此我們對教官懼之如虎，恨之入骨。有一天蔡教官不小心在操場滑倒，我們難得開懷大笑一番。

教官滑倒，不亦快哉！／麥高

教官權大如鰲拜，橫行霸道脾氣壞。
一跤跌個狗吃屎，怎不令人笑開懷！

俊欣獲冠軍，不亦快哉！／麥高

小小年紀才十三，竟然功力高如山。
橫掃所有少年郎，少網冠軍你獨占。

你是亞洲第一人，怎不令人感驚歎！
希你趁勝來征戰，前途光明定無限。

註：台灣的曾俊欣竟然一夜成名，拿到聞名世界的法國少年網球賽冠軍。在33年的少年網球賽歷史中，他是亞洲第一人獲得此冠軍，非常難得。很多世界網球名人如納德爾（Rafael Nadal）等，都是從此發跡，飛黃騰達，功成名就。希望曾俊欣也乘風破浪，拿到更多冠軍。

情敵入獄，不亦快哉！／麥高

當年初戀很嬌慣，百般伺候慣摔碗。
生日蛋糕嫌太甜，小籠包子怨太淡。
太陽一出怨太熱，下雨嫌我沒帶傘。
吃飯猶如針穿線，一入廁所等半天。
此女只應天上有，可恨小生在人間。
因我無車常惹怨，最喜有車小白臉。
駕車小開終出現，隨車而去說再見。
報應報應真報應，小開竟然入牢監。
頭上三尺有神靈，報應只在早與晚。

老友重逢，不亦快哉！／麥高

你我離別五十年，忽然請我去吃飯。
雖然名字仍記得，無奈彼此臉已變。

借問為何請吃飯？原來欠我一塊錢。

歷經變亂五十年，何勞我兄掛齒間。

註：日前赴嘉義拜訪王克先教授夫婦。他告訴我老同學孫汝春要請我吃飯，我說五十多年沒聯絡了，不好意思讓他破費。王教授說他堅持要請。原來在席中得知，當年他沒錢買郵票時，借了我一塊錢。隔了五十年，終於有機會償還。只要人長久，總會再相見。

小便得解放，不亦快哉！／麥高

當年去遊羅浮宮，萬頭攢動人匆匆。

可惜人多廁所少，老妻排隊在長龍。

最後憋得直臉紅，只好老臉往前衝。

衝進男廁求解放，真正女中大英雄！

註：不知道現在如何，那時候羅浮宮的廁所太少。很多羅浮宮的女遊客，在萬般無奈下，都會衝進男廁所解手。因為男人多為小便，很少用大便池。在沒辦法的時候，所有的女人都會勇敢起來。女人進男廁所，男人也也不反對。說不定很歡迎。

老鳥總比菜鳥好，不亦快哉／麥高

靶場練習手榴彈，要炸敵人王八蛋。

菜鳥新兵糊塗蟲，竟把炸彈丟身邊。

幸虧老鳥有經驗，拉著新兵戰壕鑽。

假如再晚一秒鐘，兩人就進閻王殿。

註：2015/3/25電視播報，一個菜鳥新兵，在練習丟手榴彈時，竟然讓手榴彈滑出手，落在自己身旁。老兵立即拉著新兵滾進戰壕才免一難。老兵的反應值得讚揚。

亞投行打敗美國，不亦快哉／麥高

美國行行都當行，屹立世界很強梁。

獨霸世行和亞行，一票否決可稱王。

可憐貧窮小國家，忍氣吞聲沒希望。

中國成立亞投行，小國終於得解放。

註：美國不但是武力超級大國，憑其武力，也變成世界上經濟超級大國。一直主導世界銀行和亞洲開發銀行。因為美國有一票否決權，其他國家只好忍辱偷生，受其擺佈。中國終於在2015年3月成立了亞投行。亞投行法定資本為1000億美元，中國出資在一半以上，所以歐亞各國熱烈響應，已有五十多個國家參加。美國雖然極力阻阻止，但因財力無法對抗中國，而終歸失敗。我們希望中國好自為之。

關閉高爾夫球場，不亦快哉／麥高

高而富球太猖狂，竟然建有66場。

打球諸君知道否，只有富人打球忙。

窮人年薪難維生，何能高球顯風光？

富豪特權已夠多，想想窮人受饑荒。

註：美國人早有定論：高而富（高爾夫）是富人的玩意兒，窮人打不起。中國人為了擺闊，竟然建了那麼多高而富球場。大陸政府為了整治奢侈的建築，2015年三月開始關閉高爾夫球場，怎不令人高興。高爾夫球場占用農地，草地殺殺蟲劑污染水源環境，其中湖泊浪費水源。高爾夫的會員費很貴，每年可能都在一百萬以上。李登輝的會員費可能更高。

令箭荷花年年開，不亦快哉／麥高

它開紅花像睡蓮，更像曇花只一現。

自古好花最難養，我家走運開年年。

註：令箭荷花為仙人掌科，多年生長青附生類植物。因梗像令箭，花似睡蓮，故名令箭荷花（實際上它的花瓣和開花時限很接近曇花）。紅花只開二三天便凋謝。非常難以培養，各項條件適合下，它才開花，否則永不開花。

讀最長的打油詩，不亦快哉／麥高

鹽湖人大報告，寫得非常美妙。

六千字打油詩，世間實在難找。

你們創造歷史，最長漢詩報到。

讀來氣暢神怡，無怪人人叫好

註：你有沒有聽說過有人用6000字的五言打油詩來寫年終報告？假如沒有，大陸有一篇報告足足有6000字，長度打倒了1785字的《孔雀東南飛》。這首敘事詩或打油詩的韻律流暢自然，豪不牽強，也沒有破格。它的題目是：《山西運城市鹽湖區人大主任李治正的委員會年終報告》。你可在百度網站找到。

共飲運河水，不亦快哉！／麥高

你住運河頭，我住運河尾。

相隔千多里，共飲運河水。

南起丹江口，北到北京北。

解決懸壺渴，旱災解旱嘴。
長城夠偉大，運河堪媲美。
沿河好風光，美景讓人醉。
如此大工程，捨我能有誰？
我等真幸運，想起很陶醉。

註：中國的南水北調工程歷時十一年完成，共長1432公里。

抓回外逃貪官，不亦快哉！／麥高

外逃貪官很逍遙，可喜有人被抓到。
善惡到頭終有報，天涯海角總難逃。

註：中國最近公佈了外逃貪官名單，逃到國外的貪污高官生活不太敢招搖炫富了。尤其是最近抓回幾個，縱讓他們改名換姓，也活得心驚肉跳。怎不令人高興。

老友及時退休，不亦快哉！／麥高

老友多半窮苦，未能發財留洋。
幸獲學校教職，敬業終生不忘。
退休拿到薪水，竟然超過夢想。
日子非常悠遊，遊遍大山大洋。
感謝十八大趴，只有他們獨享。
我等好生羨慕，真恨未能趕上。

註：我有很多朋友夫婦同為退休老師，二人同領十八趴，日子過得真正舒服。

一卡在手，不亦快哉！／麥高

中國門戶開放，超過台灣夢想。

如果有台胞卡，不必花錢辦證。（註一）

無須排隊問話，來去只憑一卡。

遊遍五嶽三山，北京上海西安。

如果你是老年，景點或可全免。（註二）

只要刷卡就入關，省時省力有尊嚴。

註一：中國優待台胞，從2015/7/1日開始，凡有台胞證的人們，不必每次簽證。將來的台胞證會變成電子卡，刷卡即可。

註二：大陸上的很多旅遊景點，對台灣65以上的老年人和大陸的老年人一樣，都可半票或全免。

麥高（汴橋）作品一覽表

翻譯部分：	連載報刊	出版社出版	時間
1.冰海漂流記	國語日報	國語日報	1977
2.父親手冊	大華晚報	大地出版社	1978
3.販奴船	國語日報	國語日報	1978
（原著曾獲美國紐百利兒童文學獎。該獎為最大兒童文學獎）			
4.鬧鬼的夏天	國語日報	國語日報	1981
5.太空放逐	新生報		1982/7/5-1983/4/23
6.鑽石失蹤記	國語日報	九歌出版社	1984
7.超級糖漿	國語日報	九歌出版社	1985
8.挨鞭童	國語日報	國語日報	1988
（原著曾獲美國紐百利兒童文學獎）			
9.鹿頭山	國語日報	國語日報	1988
10.當代傑出婦女	國語日報	國語日報	1990
（曾獲教育廳年度最佳讀物）			
11.大人物，小故事	中華日報	健行出版社	1990
12.數星星	國語日報	國語日報	1991
（原著曾獲美國紐百利兒童文學獎）			

創作部分：	連載報刊	出版社出版	時間
1.與父母談心	大華晚報	大地出版社	1977
2.瞭解你青春期的兒女	大華晚報	大地出版社	1978
3.山寨（長篇愛情小說）	臺灣新生報	（無單行本）	1981

4.我看美國佬	大華晚報	大地出版社	1980
5.再看美國佬	大華晚報	大地出版社	1982
6.三看美國佬	大華晚報	大地出版社	1985
7.我多麼想打個噴嚏	各報刊	躍升出版社	1991
8.醜男心事誰人知	各報刊	健行出版社	2000
9.澡盆裏的狂想	幽默雜文	健行出版社	2000
10.汁原味的美國人		百花文藝出版社	2006
11.怪人怪事怪美國		百花文藝出版社	2009
12.政治順口溜		秀威出版社	2012
13.百家打油詩		秀威出版社	2014
14.女人打油詩		秀威出版社	2015

曾寫過的專欄：

1.我看美國佬	1980-1985	大華晚報
2.與父母談心	1977	大華晚報
3.美國出版拾零	（兩年）	新書月刊（周浩正主編）
4.美國書廊	（一年）	幼獅月刊
5.美國閒扯淡	（一年半）	聯合報

獵海人

女人打油詩

作　　者　麥　高編著
圖文排版　楊家齊
封面設計　蔡瑋筠
出 版 者　麥　高編著
製作發行　獵海人
114 台北市內湖區瑞光路76巷69號2樓
電話：+886-2-2518-0207
傳真：+886-2-2518-0778
服務信箱：s.seahunter@gmail.com

展售門市　**國家書店【松江門市】**
10485 台北市中山區松江路209號1樓
電話：+886-2-2518-0207
三民書局【復北門市】
10476 台北市復興北路386號
電話：+886-2-2500-6600
三民書局【重南門市】
10045 台北市重慶南路一段61號
電話：+886-2-2361-7511

網路訂購　博客來網路書店：http://www.books.com.tw
三 民 網 路 書 店：http://www.m.sanmin.com.tw
金石堂網路書店：http://www.kingstone.com.tw
學思行網路書店：http://www.taaze.tw

法律顧問　毛國樑　律師

出版日期：2015年8月
定　　價：295元

Printed in Taiwan

國家圖書館出版品預行編目

女人打油詩 / 麥高編著. -- 一版. -- 臺中市 : 麥高, 2015.08

面；　公分

POD版

ISBN 978-957-43-2682-2(平裝)

831.93　　104014964